PETITS CLASSIQUES

LAROUSSE

Collection fondée par Félix Guirand, Agrégé des Lettres

W9-DGC-369

Le Bourgeois gentilhomme

MOLIÈRE

comédie-ballet

Édition présentée,
annotée et commentée
par
Évelyne de BOISGROLLIER
Ancienne élève de l'E.N.S. de Fontenay
Agrégée de Lettres modernes

SOMMAIRE

Avant d'aborder le texte

Le Bourgeois gentilhomme
MOLIÈRE

Comment lire l'œuvre

Avant d'aborder le texte

Le Bourgeois gentilhomme

Genre : théâtre, comédie-ballet.

Auteur : Molière (1622-1673)

Structure : 5 actes. **Les deux premiers actes,** souvent ressentis comme un « hors-d'œuvre », servent en fait à présenter le personnage principal. L'intrigue se noue à **l'acte III,** le plus dense et le plus important. **Les deux derniers actes** dénouent cette intrigue en faisant appel à la turquerie.

Principaux personnages : M. Jourdain (le « bourgeois gentilhomme »), Mme Jourdain, leur fille Lucile, son prétendant Cléonte. Dorante, noble désargenté, Dorimène la marquise qu'il courtise. Nicole, domestique des Jourdain, Covielle, valet de Cléonte.

Sujet : Monsieur Jourdain, riche bourgeois, s'est mis en tête de faire comme les « *gens de qualité* », comme les nobles. Pour cela, il prend de nombreuses leçons : danse, musique, escrime, philosophie, se fait faire des habits de luxe, et fait la cour à une marquise. Un grand seigneur exploite sa naïveté : en faisant semblant de le traiter d'égal à égal, il lui soutire énormément d'argent. Il offre lui-même les cadeaux de M. Jourdain à la marquise, en prétendant qu'ils sont de lui. Par ailleurs Cléonte, jeune bourgeois honnête, est aimé de Lucile. Mais M. Jourdain, qui veut faire de sa fille une duchesse, s'oppose à leur mariage. Covielle a alors l'idée d'un stratagème : on fait croire à M. Jourdain que sa fille a été remarquée par le Grand Turc, et que lui-même va être fait mamamouchi. Monsieur Jourdain très heureux se laisse prendre à cette ruse, et la comédie finit par trois mariages : celui de Lucile et de Cléonte (déguisé en Grand Turc), celui de Nicole et Covielle, et celui de Dorante et Dorimène.

1re représentation : le 14 octobre 1670, à Chambord, devant le roi.

1re édition : mars 1671.

Roland Bertin dans le rôle de monsieur Jourdain.
Mise en scène de Jean-Luc Boutté, Comédie-Française, 1988.

MOLIÈRE
(1622-1673)

1622-1632

Naissance en 1622 de Jean-Baptiste Poquelin à Paris, dans une maison du quartier des Halles (en plein centre de Paris). Les Poquelin sont de riches bourgeois depuis plusieurs générations. Le père de Molière était marchand tapissier, et obtint la charge de tapissier ordinaire du roi. Sa mère, Marie Cressé, mourut en 1832, Molière avait dix ans. Son grand-père maternel, Louis Cressé, semble avoir été un grand amateur de théâtre, et l'on suppose qu'il en donna le goût au jeune Jean-Baptiste (qui avait quinze ans lorsqu'il mourut).

1632-1643

Jean-Baptiste est envoyé au collège de Clermont (actuel lycée Louis-le-Grand), mais on ne sait pas exactement en quelle année. Il a probablement été formé au préalable par un précepteur, chez lui. Au collège, prestigieux établissement tenu par des jésuites, il apprend le latin et le grec, la rhétorique. Il a peut-être l'occasion de côtoyer des jeunes gens de la noblesse, comme le prince de Conti, bien que les jeunes nobles soient séparés des autres par une barrière dressée à travers la classe.

Par des amis de collège, il rencontre des philosophes, notamment Pierre Gassendi (1592-1655), resté célèbre pour la controverse qu'il a engagée avec Descartes à propos du

Discours de la méthode. Il est proche des milieux libertins. Ce courant de pensée remet en cause, à l'époque, le dogmatisme de la pensée chrétienne.

Il renonce alors à prendre la succession de son père, ce qui est très rare dans la société très hiérarchisée du XVIIe siècle. Il se met à étudier le droit à Orléans, pendant une courte période. Mais ce n'est certainement qu'une manœuvre pour avoir un peu plus de temps pour réfléchir à son avenir.

Car dans ces années, Jean-Baptiste s'intéresse de plus en plus au théâtre. Deux théâtres fonctionnent à Paris : l'Hôtel de Bourgogne et le Marais. Les premières pièces de Corneille (dont *Le Cid*) sont créées. Par ailleurs le théâtre de rue est très actif, et Jean-Baptiste a l'occasion de voir des farces dans la tradition française et les improvisations de la *commedia dell'arte* italienne. Il rencontre également Madeleine Béjart, qui est déjà une comédienne confirmée.

1643-1645

À vingt et un ans, Jean-Baptiste décide de devenir comédien à son tour. Il fonde alors avec la famille Béjart une troupe, sous le nom de l'Illustre Théâtre. Cette compagnie doit pour s'établir louer une salle, et y faire des travaux. La troupe joue des tragédies, mais sans succès. Jean-Baptiste, qui a pris à ce moment le nom de Molière, s'endette de plus en plus, de même que les Béjart. Les recettes étant mauvaises, les comédiens fuient. La troupe est obligée de changer de salle. Mais bientôt, pour des factures impayées, Molière est enfermé dans la prison du Châtelet (1645). Il n'y reste que quelques jours, mais il est désormais obligé de quitter Paris pour avoir une chance de succès.

1645-1658

Ce qui reste de la troupe sillonne la province. On a peu de traces de ces voyages. Les comédiens sont souvent dans le sud de la France – à Agen, Toulouse, Pézenas –, et un peu plus tard (1650), à Lyon. Ils sont protégés quelques années par le duc d'Épernon, puis par le prince de Conti. Mais ils se déplacent beaucoup, emmenant leur matériel dans des charrettes et s'installant dans des salles qui ne sont jamais spécialement destinées au théâtre. Molière, devenu chef de la troupe, commence à être désigné par certains comme « le plus habile comédien de France ». Il se met également à écrire des petites comédies *(L'Étourdi, Le Dépit amoureux)*.

1658-1662

La troupe rejoint Paris, et est prise sous la protection de Monsieur, frère du Roi. Elle obtient l'autorisation de débuter devant le roi, au Louvre. Celui-ci apprécie le jeu des comédiens et leur donne le droit de s'installer au théâtre du Petit-Bourbon, tout près du Louvre. C'est alors que, pour se faire une place parmi les théâtres concurrents, Molière écrit la pièce qui sera son premier grand succès : *Les Précieuses ridicules.* À partir de ce moment il est régulièrement invité à jouer devant le roi et devant les plus grands personnages de la cour. Il joue notamment au château de Vaux-le-Vicomte, où l'intendant Fouquet donne des fêtes somptueuses, sa première comédie-ballet : *Les Fâcheux.* C'est le début de la collaboration avec le maître de danse Beauchamp. Fouquet est arrêté peu après, car il avait fait un trop grand étalage de son luxe, mais Molière est invité à rejouer plusieurs fois la pièce devant le roi.

1662-1664

Molière est au moment le plus heureux de sa vie : son génie est reconnu par tous, et il se marie avec Armande Béjart, qui a vingt ans de moins que lui. Ce mariage, d'abord heureux pendant deux années, alimente une polémique : on a souvent pensé qu'Armande était non pas la sœur, mais la fille de Madeleine Béjart, et qu'elle était peut-être la fille de Molière lui-même. Cela n'a bien sûr jamais été prouvé, et les probabilités sont même assez faibles. Toujours est-il que Molière n'hésite pas à faire parler de sa vie privée en écrivant juste à ce moment un de ses chefs-d'œuvre, *L'École des femmes*, où il met en scène un homme âgé résolu à épouser une jeune fille. La pièce est un succès, mais elle suscite une querelle

importante sur l'art du théâtre et sur le rôle de la comédie.
C'est la première fois que Molière est attaqué, qu'il est au
centre de violentes polémiques, situation qui deviendra
désormais pour lui constante.

1664-1667

En 1664 en effet il commence *Tartuffe*, qui ne pourra être
jouée qu'en 1669, parce que le parti dévot l'a ardemment
combattue. Cette période est très féconde pour Molière, et
elle est parfois considérée comme le sommet de sa carrière
littéraire. Il devient en effet dans ces années un écrivain
militant, qui dénonce l'hypocrisie des mœurs de son temps.
Deux autres grandes pièces suivent, à quelques mois d'in-
tervalle : *Dom Juan* et *Le Misanthrope*, ainsi que sept
autres comédies plus légères. *Dom Juan*, œuvre considérée
comme une attaque contre la religion, est également rapidement interdite. *Le Misanthrope* apparaît trop austère, et
est donc boudé par le public. Molière a des difficultés,
mais il est soutenu par Louis XIV, qui lui fait composer des
divertissements et des comédies-ballets pour les fêtes de
Versailles (*La Princesse d'Élide*, 1664), qui accepte également d'être le parrain de son premier enfant, et qui donne
à la troupe le titre de Troupe du roi ainsi qu'une pension.
Cependant, sa vie privée se dégrade : en 1665 il tombe
malade pour la première fois, et se sépare d'Armande, qui
lui est infidèle.

1667-1669

Molière est de nouveau très malade au début de cette période. Mais il ne cesse pas d'écrire : *Amphitryon*, *L'Avare* ne
remportent pas un très grand succès. Pour les fêtes de
Versailles surgit une nouvelle comédie-ballet, *George
Dandin,* où l'on voit pour la première fois un bourgeois
enrichi ridiculisé pour ses aspirations à la noblesse. Mais le
ballet est beaucoup moins bien intégré à la pièce que dans
Le Bourgeois gentilhomme. C'est le 5 février 1669 qu'on
autorise enfin *Tartuffe*. Molière a gagné son combat, en cinq
ans, mais au prix de beaucoup d'amertume.

1670-1673

Molière a en 1670 une position privilégiée à la cour : c'est le moment des grandes comédies-ballets telles que *Le Bourgeois gentilhomme*. Lulli pour la musique, Beauchamp pour la danse, secondent Molière pour ces spectacles. Lully et Molière collaborent depuis six ans et sont de très bons amis. Le musicien joue même quelques petits rôles dans les pièces de Molière (par exemple le rôle du *Mufti* organisateur de la cérémonie turque). Mais son ambition étant plus forte que son amitié, il obtient du roi une sorte de monopole de la musique : en 1672 Molière ne peut plus amener qu'un nombre réduit de musiciens sur scène. Cela prépare la disgrâce de Molière qui intervient au début de l'année suivante : il n'est plus invité à jouer chez le roi.

Mais il y a plus triste : cette même année, Madeleine Béjart meurt. En 1671, il s'est réconcilié avec Armande, et elle attend un enfant, mais celui-ci meurt au bout de dix jours. La santé de Molière se dégrade. C'est alors qu'il écrit *Le Malade imaginaire*, dont il joue lui-même le rôle principal. Le soir de la quatrième représentation, il est pris d'une hémorragie sur scène. Trois quarts d'heure après il meurt. Comme il n'a pas vu de prêtre avant de mourir et qu'il n'a pas renié son métier de comédien, l'Église refuse de l'enterrer dans un cimetière (terre consacrée). Il faut une intervention du roi pour que Molière puisse y être enterré, sans messe solennelle, à la lueur des centaines de flambeaux portés par la foule du cortège.

*Le maître à danser. Gravure d'Abraham Bosse, XVIIᵉ siècle.
B.N., cabinet des Estampes, Paris.*

Quelques éléments d'histoire

La monarchie absolue en 1670

À l'époque du *Bourgeois gentilhomme*, Louis XIV est un roi jeune (il a seize ans de moins que Molière) et glorieux. À la mort de Louis XIII, il avait cinq ans, et la régence a dû être assumée par sa mère, Anne d'Autriche, et par le cardinal Mazarin. La révolte des nobles contre ceux-ci, appelée la Fronde (1650-1653), a beaucoup perturbé l'enfance du roi. Cela jouera un grand rôle dans sa conception du pouvoir absolu : il ne laissera plus jamais aux nobles l'occasion de se révolter contre lui, il leur retirera tout rôle politique. À la mort de Mazarin, Louis XIV, âgé de vingt-trois ans, décide de gouverner seul, c'est-à-dire avec l'aide de grands commis, mais sans laisser un ministre s'emparer des rênes de l'État. C'est pour cette raison qu'il fait emprisonner Fouquet, la même année. Il commence aussi à cette date la construction de Versailles, qui doit manifester par sa splendeur le pouvoir du roi, le rendre visible et incontestable.

Or Fouquet était un mécène, qui avait appelé les plus grands artistes pour orner son château de Vaux-le-Vicomte. Après son arrestation, un artiste qui désire être soutenu, recevoir une pension, ne peut plus s'adresser qu'au roi. Versailles et Louis XIV deviennent le centre d'un monde brillant et totalement centralisé. En 1667-1668, le roi a mené une rapide et facile campagne, lors de la guerre de Dévolution, ce qui contribue à sa gloire. Jeune et avenant, il a des maîtresses (depuis 1667 Madame de Montespan), et le climat de la cour est plutôt galant, malgré l'opposition du parti dévot. Par ailleurs, cette période est la plus brillante du XVIIe siècle en ce qui concerne les lettres et les arts. Tout s'organise autour de la cour, qui devient un modèle inégalable, et le passage obligé pour qui prétend être une personne de qualité. Dans le

Bourgeois gentilhomme l'importance de la personne du roi et de la cour est très sensible : Dorante fait croire à M. Jourdain qu'il parle de lui devant le roi, il fait mine d'inviter Mme Jourdain à un divertissement royal.

Le contexte économique

Le Bourgeois gentilhomme survient à la fin d'une période faste également sur le plan économique. Dans un demi-siècle lourd de crises et de famines, les années 1660-1670 sont des années de relative prospérité. Colbert assainit les finances et tente de développer l'industrie. La fortune de M. Jourdain témoigne de cette prospérité qui enrichit les bourgeois. En revanche les nobles, pour peu qu'ils suivent les modes de la cour, de plus en plus fastueuses, s'endettent, comme Dorante auprès de M. Jourdain. En effet, les bourgeois travaillent, font du commerce, achètent aussi des charges fructueuses que l'État leur vend, car Louis XIV espère ainsi renflouer le trésor et, pour affaiblir la noblesse, favorise l'ascension sociale des bourgeois. En revanche les nobles, par définition, ne doivent pas travailler : ils dérogeraient alors, ils perdraient leurs privilèges, ne seraient plus considérés comme nobles.

Les affaires étrangères

Les relations entre la France et les pays du Moyen-Orient sont très importantes au XVIIe siècle. La Turquie, dont il est question dans *Le Bourgeois gentilhomme*, est un pays très puissant. Elle mène des campagnes et fait de nombreuses conquêtes dans l'est de l'Europe. Entre 1667 et 1669 les relations sont très tendues parce que la France s'est alliée avec la Crète pour freiner ces conquêtes turques. En 1669, le sultan Mehmed IV a emprisonné puis renvoyé en France l'ambassadeur à Constantinople. Le commerce entre les deux nations étant très développé (épices, étoffes précieuses), elles ont toutes deux intérêt à atténuer cette tension. C'est dans ce but que Soliman Aga est envoyé en mission et qu'il est reçu avec un faste exceptionnel. Échanges commerciaux et ambassades ne doivent cependant pas faire oublier que rares sont à l'époque les voyageurs. Tout ce qui vient d'Orient paraît exotique aux yeux des Français, et les coutumes étranges des Orientaux leur semblent cocasses. Cinquante-deux ans plus tard, Montesquieu dans *les Lettres persanes* (1721) s'amuse encore à décrire l'attitude des Parisiens devant le Persan Rica :

« Si j'étais aux Tuileries, je voyais aussitôt un cercle se former autour de moi ; [...] si j'étais aux spectacles, je trouvais d'abord cent lorgnettes dressées contre ma figure. [...] Je souriais quelquefois d'entendre des gens qui n'étaient presque jamais sortis de leur chambre, qui disaient entre eux : "Il faut avouer qu'il a l'air bien persan." [...] J'entendais aussitôt autour de moi un bourdonnement : "Ah ! ah ! Monsieur est Persan ? C'est une chose bien extraordinaire ! Comment peut-on être Persan ?" »

Le rêve d'un spectacle total

Théâtre, musique et danse

L'histoire du théâtre au milieu du XVIIe siècle est intimement liée à celle de la musique et de la danse : on ne concevait pas ces arts du spectacle les uns sans les autres. En Italie, depuis longtemps, on aime l'opéra : une intrigue dramatique chantée. En France, en revanche, on préfère la danse. La musique n'est que secondaire dans le ballet, les intermèdes chantés ne font que lier deux épisodes de danse. L'importance de la danse s'est encore renforcée du fait que Louis XIV était lui-même passionné de danse. Jusqu'à l'âge de trente-deux ans (1664), il se produisait dans les ballets avec les danseurs professionnels. (C'était le cas de quelques nobles, également.) Soucieux de qualité technique, il fonde en 1661 l'académie royale de danse, dans laquelle enseignent treize des principaux maîtres à danser. Tout cela aboutit à la codification des pas de la danse classique, qui au cours du siècle devient l'affaire des seuls professionnels.

Cependant le rôle de la musique progresse, essentiellement grâce à la présence de Lulli, musicien français d'origine italienne (1632-1687). Très jeune, Lulli participe aux divertissements de la cour. C'est le musicien préféré du roi. Il joue du violon, compose les airs et les intermèdes, mais aussi danse et joue : dans *Monsieur de Pourceaugnac*, dans *Le Bourgeois gentilhomme* encore, il tient de petits rôles dans lesquels il s'agite de façon hautement comique. Mais son ambition ne se borne pas là : il cherche à introduire définitivement l'opéra en France. C'est ce qu'il parvient à faire peu de temps après la mort de Molière. Avec *Cadmus et Hermione*, il fait triompher l'opéra, vers lequel s'oriente le goût du roi. Désormais, Lulli produit un opéra chaque année. Il parvient à créer un véritable style français, notamment dans les ouvertures et les récitatifs.

Les aspects matériels du théâtre

Au début du siècle le théâtre est mal installé : il n'y a pas réellement de salles de théâtre, on joue dans d'anciens jeux de paume (ancêtre du tennis). Étroites et longues, ces salles ont une mauvaise acoustique, sont mal éclairées ; on y assiste debout, seuls quelques spectateurs de marque disposent de chaises, installées sur la scène. Cependant, à partir du milieu du siècle, on accorde de plus en plus d'importance au spectacle, et le théâtre s'aménage pour offrir des visions fantastiques : on raffole des pièces « à machines », où l'on peut voir un dieu apparaître dans les airs, ou bien une tempête. Pour *Psyché* d'abord présentée aux Tuileries, Molière fait faire d'importants travaux dans son théâtre, pour pouvoir garder l'aspect féerique des machines. Cette pièce a été une des plus grosses recettes de la troupe, loin devant *Le Misanthrope* ou *L'Avare*, dont on se souvient pourtant mieux aujourd'hui.

Le goût de la fête

C'est que musique, danse, comédie, féerie des machines se retrouvent pour assouvir un même goût, celui du spectacle total. L'effort de Molière est de réaliser ce rêve : depuis *Les Fâcheux*, il a réussi, grâce à de talentueux artistes, à concilier harmonieusement la comédie et le ballet. Il n'est pas le seul à vouloir mélanger plusieurs arts : Racine tente aussi de mêler les chœurs au théâtre dans certaines tragédies *(Esther, Athalie)*. Mais Molière a essayé de réaliser ce rêve avec beaucoup de constance : il a amélioré le genre de la comédie-ballet, avec la collaboration de Lulli, mais il a aussi écrit des pièces qui s'éloignent de la comédie, comme *Mélicerte*, « pastorale héroïque », comme *Psyché*, qui se rapproche de l'opéra. Ces créations avaient été favorisées par le goût de la cour pour les spectacles féeriques. Mais *Le Malade imaginaire*, qui n'est pas jouée à la cour, est encore une comédie-ballet.

Autour du *Bourgeois gentilhomme*

L'évolution des comédies-ballets

C'est avec *Les Fâcheux* que Molière invente la comédie-ballet : il s'agit alors de trouver un argument susceptible de relier les parties dansées. Celui-ci est encore relativement mince : un personnage qui veut aller retrouver la femme qu'il aime est constamment retardé par des rencontres « fâcheuses ». Dans une pièce comme *Le Bourgeois gentilhomme*, la diversité des personnages, leurs relations, la complexité des intrigues sont beaucoup plus subtiles. C'est aussi le cas dans *Le Malade imaginaire*. Néanmoins Molière n'a pas réalisé dans ce domaine une progression continue : le schéma de *George Dandin*, de *La Comtesse d'Escarbagnas* ou de *Monsieur de Pourceaugnac* est beaucoup plus rudimentaire. Certaines comédies-ballets s'évadent vers des domaines plus fantaisistes : l'essentiel était de divertir la cour, et on ne refusait pas le merveilleux.

Bourgeois et prétentieux ridicules

Mais *Le Bourgeois gentilhomme* rentre aussi dans la catégorie des comédies sociales de Molière : on y voit le personnage du bourgeois vivre dans son intérieur. On mesure sa fortune, la pauvreté de sa culture, sa volonté d'ascension sociale. Comme Arnolphe dans *L'École des femmes*, il ne voit rien au-delà de sa sphère privée : il s'enferme dans ses idées, et contracte une folie particulière. Le fait de vouloir changer de classe sociale est en effet présenté comme une folie par Molière : George Dandin par exemple fait son malheur en épousant une fille de la noblesse, car il est trompé et méprisé. Les « précieuses ridicules », qui veulent vivre dans les romans, ne comprennent pas qu'elles sont en train de passer à côté de leur bonheur. De même les « femmes savantes », parce qu'elles prétendent à la science, se mettent en marge. Plus généralement, M. Jourdain fait partie des personnages naïfs, peu intelligents, que les autres prennent plaisir à duper. Parisien, il ressemble pourtant beaucoup aux provinciaux comme les précieuses, comme la comtesse d'Escarbagnas. En effet, comme les provinciaux imitent Paris, lui prétend imiter les gens de qualité. Cette façon de « singer » les autres en fait un personnage dont le ridicule est tout désigné pour la comédie.

Les dernières comédies de Molière : vers une fantaisie débridée
Avec *Tartuffe*, *Dom Juan*, *Le Misanthrope*, Molière a abordé des thèmes graves : l'hypocrisie, l'impiété, la luxure, l'impossibilité de communiquer. Certaines de ses pièces ultérieures ont été ressenties également comme très noires. Mais à partir de 1668 se succèdent des comédies beaucoup moins âpres, dont le rythme est plus intense qu'auparavant : la verve comique ne s'y ralentit pas une seconde. Les personnages caricaturés ne portent pas des vices majeurs et ne sont pas des figures importantes de la société du temps de Molière : aucune amertume ne se glisse donc dans ces pièces. C'est le cas du *Bourgeois gentilhomme*, mais aussi des *Fourberies de Scapin*, de *L'Avare*, inspirées de l'auteur latin Térence, et du *Malade imaginaire*, où Molière s'attaque aux médecins et au malade qu'il est devenu : il maîtrise au plus haut point l'art d'enchaîner les scènes, la gestuelle qui fait rire, la mise en scène, et il ne critique que des défauts inhérents à la nature humaine, sans accuser son époque et même sans tenter réellement de faire la morale à ses contemporains.

Vie	Œuvres
1622 Naissance à Paris.	
1632 Mort de sa mère. **1633** Remariage de son père. **1635** Entrée au collège de Clermont.	
1641-1642 Études de droit. Devient l'amant de Madeleine Béjart. **1643** Molière ne veut pas être tapissier : fondation de l'Illustre Théâtre. **1645** Départ pour la province.	
	1654 ? *L'Étourdi* (à Lyon).

ÉVÉNEMENTS CULTURELS ET ARTISTIQUES	ÉVÉNEMENTS HISTORIQUES ET POLITIQUES
1621 Naissance de La Fontaine.	
1623 Naissance de Pascal.	
	1624 Richelieu entre au conseil du Roi. **1627** Siège de La Rochelle, contre les protestants.
1629 Première pièce de Corneille.	
1635 Fondation de l'Académie française. **1636** Corneille : *L'Illusion comique*. Naissance de Boileau. **1637** Corneille : *Le Cid*. Descartes : *Discours de la méthode*.	
	1638 Naissance de Louis XIV.
1639 Naissance de Racine.	
	1642 Exécution de Cinq-Mars, noble qui avait conspiré contre Richelieu. Mort de Richelieu. **1643** Mort de Louis XIII. Régence d'Anne d'Autriche (aidée du cardinal Mazarin).
1645 Naissance de La Bruyère. **1650** Mort de Descartes.	**1649-1653** La Fronde (révolte des nobles). Fouquet nommé surintendant des Finances.

VIE	ŒUVRES
	1656 *Le Dépit amoureux.*
1658 De retour à Paris la troupe de Molière joue devant le roi. Le roi lui donne le théâtre du Petit-Bourbon. **1660** À la démolition du Petit-Bourbon, le roi donne à la troupe la salle du Palais-Royal. **1662** Molière se marie. **1664** Naissance de son premier fils.	**1659** Premier triomphe : *Les Précieuses ridicules.* **1661** *Les Fâcheux*, première comédie-ballet. **1662** *L'École des femmes*. Arnolphe, premier bourgeois ridicule. **1663** Une querelle est déclenchée par *L'École des femmes*. Molière y répond par *La Critique de l'École des femmes.* **1664** *Tartuffe* (interdite).
1665 Naissance de sa fille, Esprit-Madeleine. **1666** Molière est très malade. Il se sépare d'Armande. **1667** Emménagement à Auteuil. **1669** Mort de son père.	**1665** *Dom Juan* (interdite). **1666** *Le Misanthrope* (sans succès). **1668** *George Dandin* : la comédie-ballet du bourgeois anobli. *L'Avare* : un personnage monomaniaque. *Monsieur de Pourceaugnac.* **1670** *Le Bourgeois gentilhomme.*
1671 Travaux pour améliorer le théâtre du Palais-Royal. **1672** Mort de Madeleine Béjart. Armande vit de nouveau avec Molière. **1673** Mort de Molière.	**1671** *Psyché*, pièce à machines. *Les Fourberies de Scapin. La comtesse d'Escarbagnas.* **1672** *Les Femmes savantes* : l'érudition ridicule. **1673** *Le Malade imaginaire* : encore un personnage monomaniaque.

ÉVÉNEMENTS CULTURELS ET ARTISTIQUES	ÉVÉNEMENTS HISTORIQUES ET POLITIQUES
1657 Pascal : *Les Provinciales*.	**1657** Alliance de la France et de l'Angleterre contre l'Espagne. **1659** Paix des Pyrénées avec l'Espagne. **1660** Mariage de Louis XIV. **1661** Mort de Mazarin. Arrestation de Fouquet. Début des travaux de Versailles.
1662 Mort de Pascal.	**1662** Grande famine.
1664 *La Thébaïde* : première pièce de Racine, créée par Molière.	
1665 La Rochefoucauld : *Maximes*.	**1665** Colbert contrôleur général des Finances. **1666** Mort d'Anne d'Autriche et du prince de Conti, principales figures du parti dévot. **1668** Conquête rapide de la Franche-Comté (fin de la guerre de Dévolution). **1669** Ambassade turque.
1667 *Andromaque* de Racine créée à l'Hôtel de Bourgogne (théâtre rival)	
1670 *Tite et Bérénice* de Corneille créée par la Troupe du roi. *Bérénice* de Racine à l'Hôtel de Bourgogne. **1672** Racine : *Bajazet*.	**1672** Guerre de Hollande.

La conception du *Bourgeois gentilhomme*

Le divertissement royal

• Une commande

Le Bourgeois gentilhomme, comme toutes les comédies-ballets de Molière, est une pièce écrite sur commande. En 1661, Molière avait été invité par Fouquet, surintendant des Finances, à jouer une comédie dans laquelle s'intégreraient des séquences de danse et de musique. À cette occasion il compose *Les Fâcheux*, pièce « conçue, faite, apprise et représentée en quinze jours ». Les séquences de ballet ont le même thème que les scènes jouées, ce qui unifie le spectacle. Molière vient d'inventer un genre : celui de la comédie-ballet, qui trouvera un écho plus tard avec la comédie musicale américaine. La fête de Fouquet, somptueuse, est un succès incontestable.

• Splendeur de Versailles

Mais Louis XIV, voyant son surintendant trop puissant, a décidé de le faire arrêter, d'une part ; et d'autre part de construire lui aussi un château magnifique. La même année, il commence donc à transformer le petit pavillon de chasse de Versailles. Autour est une vaste zone marécageuse qu'il fait assainir et transformer en d'inégalables jardins. Les travaux ne seront terminés qu'en 1678, cinq ans après la mort de Molière, et Louis XIV ne s'y installera qu'en 1682. Mais il donne régulièrement des fêtes dans les jardins qui d'année en année s'agrandissent et s'embellissent.

• Les fêtes royales

À l'occasion de ces fêtes, on camoufle les travaux, on dresse des tentes, on dispose des surprises pour les yeux des visiteurs. Entre des fontaines, des grottes artificielles et des bosquets de verdure, on aménage une scène. Et pour la comédie, le roi fait appel à Molière. En 1664, on organise les « Plaisirs de l'île enchantée ». En 1665, Molière crée *L'Amour médecin*, en 1668 *George Dandin*, pour le grand divertissement royal. Sur le modèle des réjouissances de Versailles, d'autres fêtes sont organisées dès que la cour se déplace en dehors de Paris. À Saint-Germain-en-Laye par exemple, en 1667, en 1671 *(La Comtesse d'Escarbagnas)*. Mais surtout à Chambord, pour la saison de chasse : en 1669 c'est *Monsieur de Pourceaugnac*. Pour la saison de 1670 c'est *Le Bourgeois gentilhomme*.

Comment ridiculiser le Grand Turc ?
• Ambassade en turbans
Le roi a non seulement commandé la pièce, mais certainement suggéré aussi un des thèmes dominants : la « turquerie ». En effet, en raison de difficultés diplomatiques entre la France et la Turquie, le Grand Turc envoie un ambassadeur, Soliman Aga, à la fin de 1669. Il arrive avec un cortège qui paraît très exotique aux Parisiens : sur des chevaux dont les harnais sont ornés de pierres précieuses, ils voient s'avancer des hommes coiffés de turbans et vêtus de fourrures somptueuses. De plus, la cour de France a décidé de recevoir l'ambassadeur selon l'étiquette orientale : le ministre des Affaires étrangères français se déguise en vizir et reçoit les invités couché sur un sofa. Louis XIV, plus occidental, fait tout de même étalage de son luxe, étant « revêtu de brocart d'or, mais tellement recouvert de diamants qu'il semblait environné de lumière, en ayant aussi un chapeau tout brillant, avec un bouquet de plumes des plus magnifiques », d'après le récit du chevalier d'Arvieux, interprète et conseiller du roi pour la circonstance. C'est donc une véritable mascarade qui a lieu devant toute la cour.

• Incidents diplomatiques
L'ambassadeur se montre peu admiratif. Il fait même remarquer « que le cheval du sultan, lorsqu'il allait à la mosquée, pour la prière du vendredi, était plus richement orné que le roi de France. » Il exige que le roi se lève pour prendre le message, comme si celui-ci était de rang égal ou même inférieur au sien. Bref, la cérémonie ne se passe pas sans heurts,

et Louis XIV se sent sans doute un peu atteint dans son prestige. À la fois pour exploiter la mode turque et pour prendre sa revanche sur les Turcs en les ridiculisant un peu, le roi demande à Molière de les mettre en scène. Il lui donne comme conseiller l'interprète (le « *truchement* »), le chevalier d'Arvieux.

• Un professeur de sabir
Celui-ci raconte dans ses *Mémoires* (1735) la composition du *Bourgeois gentilhomme* : « Je fus chargé de tout ce qui regardait les habillements et les manières des Turcs. La pièce achevée, on la présenta au Roi qui l'agréa, et je demeurai huit jours chez Baraillon, maître tailleur, pour faire faire les habits et turbans à la turque. » Il rend visite à Molière dans sa maison d'Auteuil pendant l'été de 1670, et raconte à Molière et à Lulli toutes les anecdotes de son répertoire, il leur apprend quelques mots de la langue turque (« *salamalequi* » : que la paix soit sur ta tête, « *bel-men* » : je ne sais pas, acte IV ; scène 6). Certainement il donne les couplets en sabir de la cérémonie turque. Quant à Lulli, il les anime, en jouant le grand mufti.

L'importance croissante du bourgeois
• Deux idées mal rapprochées ?
Pourquoi Molière, devant écrire une « turquerie », a-t-il mis en scène un bon bourgeois désirant vivre au-dessus de sa condition ? Les critiques ont longtemps considéré que la pièce était composée de morceaux qui n'allaient pas ensemble : portrait d'un bourgeois inculte, intrigue traditionnelle (mariage contrarié, rendu possible par une ruse), enfin mascarade délirante avec bastonnade. Molière a rapproché deux idées, en trouvant un prétexte pour que la turquerie puisse s'installer dans l'intrigue bourgeoise. La pièce n'a donc pas l'unité que réclame le classicisme, mais à notre époque, avec de nouvelles mises en scène, on a reconnu qu'elle était habilement conduite. Le caractère joyeux et naïf de M. Jourdain, bien montré dans les deux premiers actes, permet d'aller vers une fantaisie de plus en plus grande, et de

faire entrer les prétendus dervis et muftis dans la maison parisienne du bourgeois.

• Le bourgeois : un personnage intéressant

Dorante méprise M. Jourdain, tout en lui faisant croire qu'il apprécie sa compagnie. Passant du temps à la cour, Molière était à même de sentir ces petits mépris, cette infranchissable distance qui séparait nobles et bourgeois. Car il est lui-même un bourgeois : son père était marchand tapissier, comme était marchand drapier le père de M. Jourdain, qui « *se connais-sait fort bien en étoffes, [...] et en donnait à ses amis pour de l'argent* » (acte IV, scène 3). Aussi le personnage du bourgeois est-il depuis *L'École des femmes* (Arnolphe) son personnage favori, celui qu'il joue, celui qu'il charge de toutes les manies et de tous les ridicules. Sa critique de la société en devient plus générale : il est lui-même dans la catégorie qu'il critique, bourgeois, cocu, malade. Elle est aussi plus forte : sans parler de politique il critique les fondements d'un comportement social. Selon Alfred Simon, le bourgeois moliéresque « regroupe les fonctions qui constituent l'être du bourgeois, le père, l'époux, le maître, le propriétaire. C'est un statut d'autorité fondé sur la volonté de dominer. » Or ce comportement n'est pas propre aux bourgeois.

• Nouveaux riches et nouveaux nobles

Cependant, un phénomène visible dans la deuxième moitié du XVIIe siècle permet de faire tomber sur les bourgeois les rires de la cour : la bourgeoisie s'est considérablement enrichie et aspire au mode de vie raffiné dont la cour donne l'exemple. Nombreux sont ceux qui se font passer pour nobles, ou qui achètent une charge pour s'anoblir. Dans *George Dandin*, le héros, qui a épousé une demoiselle de condition, paye bien cher son nouveau nom noble : Dandin de la Dandinière. Monsieur Jourdain n'était donc pas le premier à frémir d'envie devant les gens de qualité. Pour les contemporains, il était même clair que *Le Bourgeois gentil-homme* était une pièce à clé, et qu'elle ridiculisait tel ou tel marchand enrichi. On pensait même que Molière s'attaquait au Premier ministre Colbert, lui aussi fils de drapier enrichi. Il n'est pas impossible que les observations que Molière faisaient à la cour lui aient servi de point de départ. Mais ce serait réduire la portée de la pièce que de l'assimiler à une caricature.

Des textes qui ont pu inspirer Molière

Molière, qui pour ses premières comédies (les toutes premières ont certainement été perdues) se contentait d'arranger des comédies italiennes, ou d'écrire des farces traditionnelles, n'a jamais prétendu tout inventer : très cultivé, il s'est toujours inspiré de ce qu'il avait pu lire. Cela n'enlève rien à l'originalité de son œuvre.

Les Anciens et les doctes : pour la leçon de phonétique

Pour ce qui est de la distinction des voyelles et de leur mode de production, Molière s'est sans doute inspiré d'un traité de 1668, *Le Discours physique de la parole*, de l'académicien Cordemoy. Il n'est pas sûr que Molière ait un très grand respect de cette science et qu'il ne se moque pas du savoir inutile et pédant du philosophe, qui, pour enseigner l'orthographe, remonte jusqu'à la prononciation de chaque lettre. Quant à la restitution de cette leçon par M. Jourdain devant sa femme et Nicole, Molière a pu en prendre l'idée dans le théâtre antique : dans *Les Nuées*, d'Aristophane. En effet, dans cette pièce, un vieillard, béat d'admiration devant la science de son maître, essaye maladroitement de l'imiter devant son fils.

Comédies et romans : turqueries et supercheries

Molière s'est probablement inspiré de *La Sœur*, de Rotrou (1609-1650). Le motif de la turquerie était de toute façon à la mode, mais on retrouve quelques répliques presque mot pour mot.

« **Acte III, scène 2** : *Des membres de la famille, captifs en Turquie, reviennent alors qu'on les croyait morts. Cela complique l'intrigue qui existe entre deux jeunes gens et deux jeunes filles.*
Anselme : Vous, Géronte!

Geronte : Voyez !

Anselme : Hé Dieu ! qui l'eût pu croire [...].

Qui vous a pu causer ce changement extrême ?

Géronte : Manger mal, boire pis, souvent coucher de même,

Marcher incommodé, sans bête et sans valet.

Anselme : À quoi ces habits turcs ? Dansez-vous un ballet ?

Portez-vous un momon ?

Géronte : Sans railler, je vous prie !

J'ai mangé franchement mes habits en Turquie.

Anselme : Comment ! En ce pays mange-t-on les habits ?

Géronte : Oui, mais l'on s'y plaît moins à railler ses amis. »

« Acte III, scène 4 : *Ergaste, le serviteur d'Anselme fait, comme Covielle, semblant de parler turc, pour sauver les amours de son maître.*

Ergaste : Siati cacus naincon catalai mulai ?

Horace : [fils de Géronte] Vare hecc.

Ergaste : Vous devinez.

Il dit qu'ils sont entrés dans une hôitellerie,

Où, trinquant à l'honneur de leur chère patrie, [...]

Son père en a tant pris qu'il s'en est trouvé pris,

Qu'il n'en a pu sortir sans une peine extrême,

Et ne pouvoit porter ni son vin ni soi-même.

Anselme : T'en a-t-il pu tant dire en si peu de propos ?

Ergaste : Oui, le langage turc dit beaucoup en deux mots. »

Un personnage sot et vaniteux, une bande de joyeux farceurs qui se déguisent pour lui jouer un tour : la situation n'est pas nouvelle, et Molière a pu aussi en trouver un exemple dans *La Vraie Histoire comique de Francion* (1633), de Charles Sorel.

Livre XI : *Hortensius a été trouvé particulièrement bête par la compagnie, on veut lui jouer un tour : on lui fait croire que les Polonais l'ont choisi comme roi de Pologne.*

« Raymond envoya quérir dans sa garde-robe un petit manteau fourré dont le dessus était de satin rose sèche, lequel servait à mettre quand l'on était malade. Il dit à Hortensius : "Mettez ceci sur vos épaules : ces Polonais vous respecteront davantage, voyant que vous êtes déjà habillé à leur mode ; car ils se servent fort de fourrures, d'autant plus qu'il fait plus froid en leur pays qu'en celui-ci." Hortensius était si transporté, qu'il croyait toute sorte de conseils ; il mit ce manteau librement, et, s'étant assis en une haute chaire suivant l'avis de Francion, tous les autres demeurèrent à ses côtés debout et tête nue, comme pour donner opinion aux Polonais qu'il était grand seigneur [...].

Comme il finissait ce propos, les quatre Allemands qui s'étaient habillés en Polonais arrivèrent avec six flambeaux devant eux. Le plus apparent de la troupe, qui représentait l'ambassadeur, fit une profonde révérence à Hortensius, et ceux de sa suite aussi ; puis il lui fit cette harangue, ayant préalablement troussé et retroussé ses deux moustaches l'une après l'autre : *"Mortuo Ladislao rege nostro, princeps invictissime,* ce dit-il d'un ton fort éclatant. *Poloni, divino numine afflati, te regem suffragiis suis elegerunt, cum te justitia et prudentia aleo similem defuncto credant, ut ex cineribus illius quasi phœnix alter videaris surrexisse. Nunc ergo nos tibi submittimus, ut habenas regni nostri suscipere digneris* [...]."

Les Polonais lui firent des révérences bien basses, et s'en allèrent après, comme s'ils eussent été ravis d'admiration. »

Arlequins et baladins : la tradition orale

Covielle présente la cérémonie turque comme une « *mascarade* », une sorte de « sketch » tout prêt. Son discours montre qu'il se propose simplement de l'adapter au cas de M. Jourdain. « *Il s'est fait depuis peu une certaine mascarade qui vient le mieux du monde ici* [...]. *Tout cela sent un peu sa comédie ; mais, avec lui, on peut hasarder toute chose* [...] *et il est homme à y jouer son rôle à merveille.* [...] *J'ai les acteurs, j'ai les habits tout prêts.* » (acte III, scène 14). Molière, depuis son enfance, était un grand amateur du théâtre de la tradition orale : farce d'origine médiévale jouée sur des tréteaux au coin des rues, ou masques italiens de la *commedia dell'arte*. Il a d'ailleurs longtemps partagé son théâtre avec ces derniers. Dans *Le Bourgeois*, il invite donc le théâtre de rue sur le théâtre de la cour. La fin de la pièce est conçue comme une farce. C'est un théâtre très physique, très vivant, proche de l'improvisation.

La réception de la pièce

Le Bourgeois gentilhomme a été représentée pour la première fois le 14 octobre 1670 à Chambord, devant le roi et la cour. Réclamée de nouveau, elle fut rejouée trois fois encore à Chambord (16, 20, 21 octobre), puis deux fois à Saint-Germain (8, 16 novembre). Ensuite, Molière la reprend à Paris, au théâtre du Palais-Royal. Pour ne rien enlever à la pièce, il fait des aménagements coûteux dans le théâtre, et garde les ballets, la musique, les costumes comme pour la représentation de la cour. C'est un succès important : la recette atteint un chiffre appréciable.

Molière jouait le rôle principal. On ne peut que rêver sur son jeu : il était considéré comme le plus grand acteur comique de son temps. Il utilisait ses défauts, hoquet, bégaiement, ou sa toux lorsqu'il était malade, et tirait parti de son visage, aux traits forts et expressifs. De même, il faisait attention aux particularités de ses comédiens : le rire de Nicole est celui de la Beauval, connue pour ses fous rires inextinguibles. Depuis on a toujours vu le Bourgeois comme un gros homme, mais Molière était plutôt maigre. Il avait pour ce rôle des habits somptueux.

Au XVIIIe et au XIXe siècle la pièce fut peu jouée : Molière est tombé dans un relatif oubli au siècle dernier, et *Le Bourgeois gentilhomme* n'était pas une des pièces les plus aimées. C'est à la fin de la Seconde Guerre mondiale qu'on l'a vraiment redécouverte, grâce à l'acteur de cinéma Raimu (1944). De nombreuses mises en scène se sont succédé depuis, ainsi que des films. La critique lui a redonné la place qu'elle méritait : elle ne considère plus la pièce comme trop rapidement écrite et mal bâtie. L'interprétation de Molière au XXe siècle a redonné à son théâtre le côté physique qu'il avait perdu.

Molière acteur tragique. *Tableau de Nicolas Mignard (1606-1668).*
Musée Carnavalet, Paris.

Le Bourgeois gentilhomme

MOLIÈRE

comédie-ballet

représentée pour la première fois
le 14 octobre 1670 à Chambord

Personnages

MONSIEUR JOURDAIN	*bourgeois.*
MADAME JOURDAIN	*sa femme.*
LUCILE	*fille de M. Jourdain.*
NICOLE	*servante.*
CLÉONTE	*amoureux de Lucile.*
COVIELLE	*valet de Cléonte.*
DORANTE	*comte, amant de Dorimène.*
DORIMÈNE	*marquise.*

Maître de musique.

Élève du Maître de musique.

Maître à danser.

Maître d'armes.

Maître de philosophie.

Maître tailleur.

Garçon tailleur.

Deux laquais.

Plusieurs musiciens, musiciennes, joueurs d'instruments, danseurs, cuisiniers, garçons tailleurs, et autres personnages des intermèdes et du ballet.

La scène est à Paris.

ACTE PREMIER

L'ouverture se fait par un grand assemblage[1] d'instruments ; et dans le milieu du théâtre on voit un élève du maître de musique qui compose sur une table un air que le Bourgeois a demandé pour une sérénade[2].

SCÈNE PREMIÈRE. MAÎTRE DE MUSIQUE, MAÎTRE À DANSER, TROIS MUSICIENS, DEUX VIOLONS, QUATRE DANSEURS.

MAÎTRE DE MUSIQUE, *parlant à ses musiciens*. Venez, entrez dans cette salle, et vous reposez là, en attendant qu'il[3] vienne.

MAÎTRE À DANSER, *parlant aux danseurs*. Et vous aussi, de
5 ce côté.

MAÎTRE DE MUSIQUE, *à l'élève*. Est-ce fait ?

L'ÉLÈVE. Oui.

MAÎTRE DE MUSIQUE. Voyons... Voilà qui est bien.

MAÎTRE À DANSER. Est-ce quelque chose de nouveau ?

10 MAÎTRE DE MUSIQUE. Oui, c'est un air pour une sérénade

---

1. **Assemblage** : rassemblement, réunion. On dirait aujourd'hui « un grand nombre ».
2. **Sérénade** : concert de voix et d'instruments, donné pendant la nuit, en plein air, le plus souvent pour honorer quelqu'un.
3. **Il** : M. Jourdain.

que je lui[1] ai fait composer ici, en attendant que notre homme fût éveillé.

MAÎTRE À DANSER. Peut-on voir ce que c'est ?

MAÎTRE DE MUSIQUE. Vous l'allez entendre, avec le
15 dialogue[2], quand il viendra. Il ne tardera guère.

MAÎTRE À DANSER. Nos occupations, à vous et à moi, ne sont pas petites maintenant.

MAÎTRE DE MUSIQUE. Il est vrai. Nous avons trouvé ici un homme comme il nous le faut à tous deux. Ce nous est une
20 douce rente[3] que ce monsieur Jourdain, avec les visions[4] de noblesse et de galanterie[5] qu'il est allé se mettre en tête. Et votre danse et ma musique auraient à souhaiter que tout le monde lui ressemblât.

MAÎTRE À DANSER. Non pas entièrement ; et je voudrais
25 pour lui qu'il se connût mieux qu'il ne fait aux choses que nous lui donnons.

MAÎTRE DE MUSIQUE. Il est vrai qu'il les connaît mal, mais il les paye bien ; et c'est de quoi maintenant nos arts ont plus besoin que de toute autre chose.

30 MAÎTRE À DANSER. Pour moi, je vous l'avoue, je me repais[6] un peu de gloire. Les applaudissements me touchent ; et je tiens que, dans tous les beaux-arts, c'est un supplice assez fâcheux que de se produire à[7] des sots, que d'essuyer sur des

------

1. **Lui** : il désigne son élève qui a composé la sérénade.
2. **Dialogue** : composition musicale pour deux ou plusieurs voix accompagnées d'instruments qui se répondent alternativement.
3. **Douce rente** : revenu facile.
4. **Visions** : idées extravagantes, folles, créées par le délire.
5. **Galanterie** : élégance, distinction dans les manières.
6. **Se repaître** : se nourrir, assouvir ses désirs.
7. **Se produire à** : présenter son travail devant (quelqu'un).

compositions la barbarie[1] d'un stupide. Il y a plaisir, ne m'en
35 parlez point, à travailler pour des personnes qui soient
capables de sentir les délicatesses d'un art ; qui sachent faire
un doux accueil aux beautés d'un ouvrage et, par de
chatouillantes[2] approbations, vous régaler[3] de votre travail.
Oui, la récompense la plus agréable qu'on puisse recevoir des
40 choses que l'on fait, c'est de les voir connues[4], de les voir
caressées[5] d'un applaudissement[6] qui vous honore. Il n'y a
rien, à mon avis, qui nous paye mieux que cela de toutes nos
fatigues ; et ce sont des douceurs exquises que des louanges
éclairées[7].

45 MAÎTRE DE MUSIQUE. J'en demeure d'accord, et je les goûte
comme vous. Il n'y a rien assurément qui chatouille
davantage que les applaudissements que vous dites ; mais cet
encens[8] ne fait pas vivre. Des louanges toutes pures ne
mettent point un homme à son aise : il y faut mêler du solide ;
50 et la meilleure façon de louer, c'est de louer avec les mains[9].
C'est un homme, à la vérité, dont les lumières sont petites,
qui parle à tort et à travers de toutes choses, et n'applaudit
qu'à contresens ; mais son argent redresse les jugements de
son esprit. Il a du discernement dans sa bourse. Ses louanges
55 sont monnayées ; et ce bourgeois ignorant nous vaut mieux,
comme vous voyez, que le grand seigneur éclairé qui nous a
introduits ici.

----

1. **Barbarie** : grossièreté ; ce qui n'est pas civilisé.
2. **Chatouillantes** : délicatement agréables.
3. **Régaler** : récompenser.
4. **De les voir connues** : qu'on reconnaisse leur supériorité, qu'on les
comprenne.
5. **Caressées** : reconnues, flattées.
6. **Applaudissement** : approbation, louange (pas forcément marquée par un
claquement de mains).
7. **Louanges éclairées** : compliments faits par des personnes cultivées.
8. **Encens** : ici, au figuré : flatteries, louanges. Au sens propre, parfum brûlé
dans les cérémonies religieuses.
9. **Avec les mains** : non pas par des applaudissements, mais en donnant de
l'argent.

MAÎTRE À DANSER. Il y a quelque chose de vrai dans ce que vous dites ; mais je trouve que vous appuyez un peu trop sur
60 l'argent ; et l'intérêt est quelque chose de si bas qu'il ne faut jamais qu'un honnête homme[1] montre pour lui de l'attachement.

MAÎTRE DE MUSIQUE. Vous recevez fort bien pourtant l'argent que notre homme vous donne.

65 MAÎTRE À DANSER. Assurément ; mais je n'en fais pas tout mon bonheur, et je voudrais qu'avec son bien il eût encore quelque bon goût des choses.

MAÎTRE DE MUSIQUE. Je le voudrais aussi, et c'est à quoi nous travaillons tous deux autant que nous pouvons. Mais
70 en tout cas, il nous donne moyen de nous faire connaître dans le monde ; et il payera pour les autres ce que les autres loueront pour lui.

MAÎTRE À DANSER. Le voilà qui vient.

---

1. **Honnête homme** : notion importante au XVIIe siècle : c'est l'homme cultivé de bonne naissance, de bon goût, sage en tout, respectueux de la religion et aimant les arts.

REPÈRES

• Dans les indications qui précèdent la scène on trouve le mot
« *ouverture* ». Qu'ouvre-t-on au début d'une pièce de théâtre ?
À quelle autre forme d'art ce mot fait-il référence ?
• Imaginez le décor. Quels sont les éléments qui nous permettent
de savoir où nous sommes ? Les indications sont-elles nombreuses ?
• Le personnage principal : que savons-nous de lui pour l'instant ?

OBSERVATION

• Relevez la phrase qui se rapporte à Dorante ; elle nous donne trois
informations sur lui, lesquelles ?
• Relevez les termes qui désignent M. Jourdain. Quelle image
donnent-ils de lui ?
• Les deux maîtres : quelles sont leurs ressemblances, leurs différences? Comment parlent-ils, sur quel ton ?
• Relevez toutes les expressions concernant l'argent, celles qui se rapportent au succès. Désignez les sous-entendus, les termes imagés.
• Le langage du maître à danser est-il aussi direct que celui du maître
de musique ? Que peut-on en déduire ?
• Comment progresse le dialogue ? Observez la longueur des tirades,
l'enchaînement des propos.

INTERPRÉTATIONS

• Caractérisez l'opinion de chacun des personnages. Le problème
qu'ils évoquent : la place de l'artiste dans la société. Ce problème
est-il indifférent à Molière ? De qui Molière dépend-il ?
• Quel est l'avantage du dialogue pour exposer ces opinions ?
Savons-nous ce que pense Molière ? Précisez ce que vous savez de la
place des artistes dans la société du XVIIᵉ siècle.
• Comment appelle-t-on ordinairement la première scène d'une
pièce de théâtre ? Celle-ci expose-t-elle l'action ? Pourquoi Molière
retarde-t-il l'apparition du personnage principal ?

SCÈNE 2. MONSIEUR JOURDAIN, *en robe de chambre et bonnet de nuit*, DEUX LAQUAIS, MAÎTRE DE MUSIQUE, MAÎTRE À DANSER, VIOLONS, MUSICIENS ET DANSEURS.

MONSIEUR JOURDAIN. Hé bien, messieurs ? Qu'est-ce ? Me ferez-vous voir votre petite drôlerie[1] ?

MAÎTRE À DANSER. Comment ? Quelle petite drôlerie ?

MONSIEUR JOURDAIN. Eh ! là... Comment appelez-vous
5 cela ? Votre prologue[2], ou dialogue de chansons et de danse.

MAÎTRE À DANSER. Ah ! Ah !

MAÎTRE DE MUSIQUE. Vous nous y voyez préparés.

MONSIEUR JOURDAIN. Je vous ai fait un peu attendre, mais c'est que je me fais habiller aujourd'hui comme les gens de
10 qualité[3], et mon tailleur m'a envoyé des bas de soie[4] que j'ai pensé ne mettre jamais.

MAÎTRE DE MUSIQUE. Nous ne sommes ici que pour attendre votre loisir[5].

MONSIEUR JOURDAIN. Je vous prie tous deux de ne vous
15 point en aller qu'on ne m'ait apporté[6] mon habit, afin que vous me puissiez voir.

MAÎTRE À DANSER. Tout ce qu'il vous plaira.

----

1. **Drôlerie** : petite plaisanterie. Mot employé pour les tours d'adresse des bouffons de foire.
2. **Prologue** : morceau qui précède l'action, dans un opéra. Monsieur Jourdain s'emmêle dans les termes techniques.
3. **Gens de qualité** : grands seigneurs, qui suivent la mode et portent de luxueux vêtements de couleur. (Les bourgeois sont vêtus de couleurs sombres.)
4. **Bas de soie** : la soie était encore rare et chère à l'époque.
5. **Votre loisir** : le moment où vous serez disponible.
6. **Qu'on ne m'ait apporté** : tant qu'on ne m'aura pas apporté.

MONSIEUR JOURDAIN. Vous me verrez équipé comme il faut, depuis les pieds jusqu'à la tête.

20 MAÎTRE DE MUSIQUE. Nous n'en doutons point.

MONSIEUR JOURDAIN. Je me suis fait faire cette indienne-ci[1].

MAÎTRE À DANSER. Elle est fort belle.

MONSIEUR JOURDAIN. Mon tailleur m'a dit que les gens de
25 qualité étaient comme cela le matin.

MAÎTRE DE MUSIQUE. Cela vous sied[2] à merveille.

MONSIEUR JOURDAIN. Laquais, holà ! mes deux laquais.

PREMIER LAQUAIS. Que voulez-vous, monsieur ?

MONSIEUR JOURDAIN. Rien. C'est pour voir si vous
30 m'entendez bien. *(Aux deux maîtres.)* Que dites-vous de mes livrées[3] ?

MAÎTRE À DANSER. Elles sont magnifiques.

MONSIEUR JOURDAIN *(Il entrouvre sa robe et fait voir un haut-de-chausses[4] étroit de velours rouge, et une camisole[5]
35 de velours vert, dont il est vêtu.).* Voici encore un petit déshabillé pour faire le matin mes exercices.

MAÎTRE DE MUSIQUE. Il est galant[6].

MONSIEUR JOURDAIN. Laquais !

----

1. **Indienne :** toile de coton peinte ou imprimée, souvent importée des Indes. Elle représente un grand luxe.
2. **Vous sied :** vous va très bien (du verbe seoir : aller, convenir).
3. **Livrées :** uniformes que portent les laquais d'une même maison.
4. **Haut-de-chausses :** sorte de pantalon s'arrêtant aux genoux.
5. **Camisole :** vêtement à manches porté par les hommes sur la chemise.
6. **Galant :** ici, élégant, distingué.

PREMIER LAQUAIS. Monsieur ?

40 MONSIEUR JOURDAIN. L'autre laquais !

SECOND LAQUAIS. Monsieur ?

MONSIEUR JOURDAIN, *ôtant sa robe de chambre.* Tenez ma robe. *(Aux deux maîtres.)* Me trouvez-vous bien comme cela ?

45 MAÎTRE À DANSER. Fort bien. On ne peut pas mieux.

MONSIEUR JOURDAIN. Voyons un peu votre affaire.

MAÎTRE DE MUSIQUE. Je voudrais bien auparavant vous faire entendre un air *(montrant son élève)* qu'il vient de composer pour la sérénade que vous m'avez demandée. C'est
50 un de mes écoliers[1] qui a pour ces sortes de choses un talent admirable.

MONSIEUR JOURDAIN. Oui, mais il ne fallait pas faire faire cela par un écolier ; et vous n'étiez pas trop bon vous-même pour cette besogne-là.

55 MAÎTRE DE MUSIQUE. Il ne faut pas, monsieur, que le nom d'écolier vous abuse. Ces sortes d'écoliers en savent autant que les plus grands maîtres, et l'air est aussi beau qu'il s'en puisse faire. Écoutez seulement.

MONSIEUR JOURDAIN, *à ses laquais.* Donnez-moi ma robe
60 pour mieux entendre... Attendez, je crois que je serai mieux sans robe... Non, redonnez-la-moi, cela ira mieux.

MUSICIEN *chantant.*
Je languis nuit et jour, et mon mal est extrême,
Depuis qu'à vos rigueurs vos beaux yeux m'ont soumis :
Si vous traitez ainsi, belle Iris, qui vous aime,
65   Hélas ! que pourriez-vous faire à vos ennemis ?

----

1. **Écoliers** : étudiants, disciples. Mais monsieur Jourdain ne le comprend pas dans ce sens et a peur de ne pas en avoir pour son argent.

MONSIEUR JOURDAIN. Cette chanson me semble un peu lugubre[1], elle endort, et je voudrais que vous la pussiez un peu ragaillardir[2] par-ci par-là.

70 MAÎTRE DE MUSIQUE. Il faut, monsieur, que l'air soit accommodé[3] aux paroles.

MONSIEUR JOURDAIN. On m'en apprit un tout à fait joli, il y a quelque temps. Attendez... Là... Comment est-ce qu'il dit ?

MAÎTRE À DANSER. Par ma foi, je ne sais.

75 MONSIEUR JOURDAIN. Il y a du mouton dedans.

MAÎTRE À DANSER. Du mouton ?

MONSIEUR JOURDAIN. Oui. Ah ! *(M. Jourdain chante.)*
Je croyais Jeanneton
Aussi douce que belle ;
80 Je croyais Jeanneton
Plus douce qu'un mouton.
Hélas ! Hélas !
Elle est cent fois, mille fois plus cruelle
Que n'est le tigre aux bois.

85 N'est-il pas joli ?

MAÎTRE DE MUSIQUE. Le plus joli du monde.

MAÎTRE À DANSER. Et vous le chantez bien.

MONSIEUR JOURDAIN. C'est sans avoir appris la musique.

MAÎTRE DE MUSIQUE. Vous devriez l'apprendre, monsieur,

---

1. **Lugubre** : qui inspire une profonde tristesse.
2. **Ragaillardir** : raviver, rendre plus gai.
3. **Accommodé** : adapté, mis en harmonie avec. La musique française (dont Lulli était l'éminent représentant) se souciait d'adapter la musique aux paroles.

90 comme vous faites la danse. Ce sont deux arts[1] qui ont une étroite liaison ensemble.

MAÎTRE À DANSER. Et qui ouvrent l'esprit d'un homme aux belles choses.

MONSIEUR JOURDAIN. Est-ce que les gens de qualité
95 apprennent aussi la musique ?

MAÎTRE DE MUSIQUE. Oui, monsieur.

MONSIEUR JOURDAIN. Je l'apprendrai donc. Mais je ne sais quel temps je pourrai prendre : car, outre le maître d'armes qui me montre[2], j'ai arrêté[3] encore un maître de philosophie
100 qui doit commencer ce matin.

MAÎTRE DE MUSIQUE. La philosophie est quelque chose, mais la musique, monsieur, la musique...

MAÎTRE À DANSER. La musique et la danse... La musique et la danse, c'est là tout ce qu'il faut.

105 MAÎTRE DE MUSIQUE. Il n'y a rien qui soit si utile dans un État que la musique[4].

MAÎTRE À DANSER. Il n'y a rien qui soit si nécessaire aux hommes que la danse[5].

---

1. **Arts :** ce mot n'avait pas le même sens qu'aujourd'hui. Depuis le Moyen Âge, les « sept arts » étaient les disciplines enseignées en tant que méthode. Plus largement, est désigné ainsi tout ce qui nécessite de l'habileté, tout ce qui est produit par l'homme.
2. **Qui me montre :** qui m'apprend (l'escrime).
3. **J'ai arrêté :** j'ai engagé, pris à mon service. Se dit pour un valet (*Dictionnaire universel* de Furetière, 1690).
4. Le maître de musique défend sa discipline, mais cette idée existait déjà dans l'Antiquité (Platon, *République* IV), et a été reprise depuis la Renaissance.
5. Le maître à danser est lui aussi partial, mais il est à noter qu'à cette époque on donne une grande importance à la danse, dans l'éducation des nobles. Louis XIV lui-même aimait beaucoup danser devant la cour.

MAÎTRE DE MUSIQUE. Sans la musique, un État ne peut
110 subsister.

MAÎTRE À DANSER. Sans la danse, un homme ne saurait rien
faire.

MAÎTRE DE MUSIQUE. Tous les désordres, toutes les guerres
qu'on voit dans le monde n'arrivent que pour n'apprendre
115 pas[1] la musique.

MAÎTRE À DANSER. Tous les malheurs des hommes, tous les
revers funestes[2] dont les histoires sont remplies, les bévues[3]
des politiques et les manquements des grands capitaines, tout
cela n'est venu que faute de savoir danser.

120 MONSIEUR JOURDAIN. Comment cela ?

MAÎTRE DE MUSIQUE. La guerre ne vient-elle pas d'un
manque d'union entre les hommes ?

MONSIEUR JOURDAIN. Cela est vrai.

MAÎTRE DE MUSIQUE. Et, si tous les hommes apprenaient la
125 musique, ne serait-ce pas le moyen de s'accorder ensemble,
et de voir dans le monde la paix universelle ?

MONSIEUR JOURDAIN. Vous avez raison.

MAÎTRE À DANSER. Lorsqu'un homme a commis un
manquement dans sa conduite, soit aux affaires de sa famille,
130 ou au gouvernement d'un État, ou au commandement d'une
armée, ne dit-on pas toujours : « Un tel a fait un mauvais
pas dans une telle affaire » ?

MONSIEUR JOURDAIN. Oui, on dit cela.

----

1. **Pour n'apprendre pas :** parce qu'on n'apprend pas.
2. **Revers funestes :** événements qui amènent le malheur.
3. **Bévues :** erreurs.

MAÎTRE À DANSER. Et faire un mauvais pas peut-il procéder
135 d'autre chose que de ne savoir pas danser ?

MONSIEUR JOURDAIN. Cela est vrai, et vous avez raison
tous deux.

MAÎTRE À DANSER. C'est pour vous faire voir l'excellence et
l'utilité de la danse et de la musique.

140 MONSIEUR JOURDAIN. Je comprends cela, à cette heure.

MAÎTRE DE MUSIQUE. Voulez-vous voir nos deux affaires ?

MONSIEUR JOURDAIN. Oui.

MAÎTRE DE MUSIQUE. Je vous l'ai déjà dit, c'est un petit essai
que j'ai fait autrefois des diverses passions que peut exprimer
145 la musique.

MONSIEUR JOURDAIN. Fort bien.

MAÎTRE DE MUSIQUE, *aux musiciens.* Allons, avancez. *(À
M. Jourdain.)* Il faut vous figurer qu'ils sont habillés en
bergers.

150 MONSIEUR JOURDAIN. Pourquoi toujours des bergers[1] ?
On ne voit que cela partout.

MAÎTRE À DANSER. Lorsqu'on a des personnes à faire parler
en musique, il faut bien que pour la vraisemblance on donne
dans la bergerie. Le chant a été de tout temps affecté aux
155 bergers ; et il n'est guère naturel en dialogue que des princes
ou des bourgeois chantent leurs passions.

MONSIEUR JOURDAIN. Passe, passe. Voyons.

----

1. **Toujours des bergers :** au XVIIe siècle règne la mode des pastorales (pièces
de théâtre, chants, danses mettant en scène des bergers).

DIALOGUE EN MUSIQUE
UNE MUSICIENNE ET DEUX MUSICIENS

MUSICIENNE
Un cœur, dans l'amoureux empire[1],
De mille soins[2] est toujours agité :
160   On dit qu'avec plaisir on languit[3], on soupire ;
Mais quoi qu'on puisse dire,
Il n'est rien de si doux que notre liberté.

PREMIER MUSICIEN
Il n'est rien de si doux que les tendres ardeurs
Qui font vivre deux cœurs
165   Dans une même envie :
On ne peut être heureux sans amoureux désirs ;
Ôtez l'amour de la vie,
Vous en ôtez les plaisirs.

SECOND MUSICIEN
Il serait doux d'entrer sous l'amoureuse loi,
170   Si l'on trouvait en amour de la foi[4],
Mais, hélas ! ô rigueur cruelle !
On ne voit point de bergère fidèle ;
Et ce sexe inconstant trop indigne du jour[5],
Doit faire pour jamais renoncer à l'amour.

PREMIER MUSICIEN
175   Aimable ardeur ;

MUSICIENNE
Franchise[6] heureuse !

SECOND MUSICIEN
Sexe trompeur !

---

1. **Dans l'amoureux empire** : sous l'empire de l'amour.
2. **Soins** : soucis.
3. **Languit** : languir signifie attendre mélancoliquement quelque chose qu'on désire très fortement.
4. **Foi** : fidélité.
5. **Indigne du jour** : indigne de vivre, de voir la lumière du jour.
6. **Franchise** : indépendance, liberté (style précieux).

PREMIER MUSICIEN
Que tu m'es précieuse !

MUSICIENNE
Que tu plais à mon cœur !

SECOND MUSICIEN
180 Que tu me fais d'horreur !

PREMIER MUSICIEN
Ah ! quitte, pour aimer,
Cette haine mortelle !

MUSICIENNE
On peut, on peut te montrer
Une bergère fidèle.

SECOND MUSICIEN
185 Hélas ! où la rencontrer ?

MUSICIENNE
Pour défendre notre gloire,
Je te veux offrir mon cœur.

SECOND MUSICIEN
Mais bergère, puis-je croire
Qu'il ne sera point trompeur ?

MUSICIENNE
190 Voyons par expérience
Qui des deux aimera mieux.

SECOND MUSICIEN
Qui manquera de constance,
Le puissent perdre les dieux !

TOUS TROIS ENSEMBLE
À des ardeurs si belles
195 Laissons-nous enflammer ;
Ah ! qu'il est doux d'aimer,
Quand deux cœurs sont fidèles.

MONSIEUR JOURDAIN. Est-ce tout ?

MAÎTRE DE MUSIQUE. Oui.

Bergers se reposant.
Gravure de Stella, XVIIᵉ siècle.
Bibliothèque des Arts décoratifs, Paris.

200 MONSIEUR JOURDAIN. Je trouve cela bien troussé[1] ; et il
y a là-dedans de petits dictons[2] assez jolis.

MAÎTRE À DANSER. Voici, pour mon affaire, un petit essai
des plus beaux mouvements et des plus belles attitudes dont
une danse puisse être variée.

----

1. **Bien troussé :** bien tourné. Trousser : expédier, composer rapidement
(une petite œuvre).
2. **Dictons :** mots plaisants, sentences ou proverbes. Monsieur Jourdain a
un vocabulaire très limité pour l'appréciation des œuvres d'art.

205 **MONSIEUR JOURDAIN.** Sont-ce encore des bergers ?

MAÎTRE À DANSER. C'est ce qu'il vous plaira. *(Aux danseurs.)* Allons.

ENTRÉE DE BALLET

(Quatre danseurs exécutent tous les mouvements différents et toutes les sortes de pas que le maître à danser leur commande ; et cette danse fait le premier intermède[1].)

---

1. **Intermède :** divertissement entre deux actes.

REPÈRES

• Distinguez et caractérisez les quatre parties de cette scène.
• Le costume de M. Jourdain est précisé dès la première didascalie. Pourquoi ? Quel est l'intérêt des costumes dans cette scène ?
• Y a-t-il une « intrigue » ? Quelle est la fonction de cette scène ?

OBSERVATION

• Le ton de M. Jourdain : est-ce le même que celui des maîtres ? Que peut-on en déduire sur son éducation, sa condition sociale ?
• Relevez le vocabulaire qu'il emploie pour parler de la musique et de la danse : ses mots sont-ils justes ? Quel est l'effet obtenu ?
• M. Jourdain est-il timide, effacé ? Il fait étalage de tout ce qu'il possède et connaît : en quoi est-ce comique ?
• Pourquoi le maître à danser retourne-t-il la question de M. Jourdain sur la « *petite drôlerie* » ?
• « *Il y a du mouton dedans* » (l. 75) : sur quel jeu de mots s'appuie Molière pour rendre la grossièreté de M. Jourdain plus grande ?
• Une argumentation qui repose sur une expression courante : l. 134. La déduction est-elle juste ? Connaissez-vous des publicités qui, à notre époque, utilisent le même procédé ?
• Relevez les répliques de M. Jourdain (l. 101-140) : dirige-t-il le débat ? Est-il capable de juger les arguments des maîtres ?
• Étudiez la différence de comportement des deux maîtres au début de la scène (l. 1 à 17)

INTERPRÉTATIONS

• Molière expose ici quelques principes de l'art de son temps. Est-il d'accord ou s'en moque-t-il ? Argumentez.
• Portrait du « nouveau riche » : montrez comment vanité et naïveté se relaient pour faire de M. Jourdain un type comique.
• Étudiez l'argumentation des maîtres, son rythme. Est-elle de bonne foi ? Les deux hommes sont-ils parfaitement solidaires ? Ce moment prépare-t-il la scène suivante ?

Structure de la pièce

Nous n'avons aucune idée de l'action qui fera le centre de la pièce. C'est la passion du bourgeois pour la noblesse qui fait ici l'objet de l'« exposition ». Le lien entre la scène 1 et la scène 2 accentue le comique. On voit vivre le bourgeois dont la sottise avait été annoncée dans la scène 1. Le maître à danser est mis en contradiction (scène 2) avec ses propos (scène 1). La dépendance des deux artistes par rapport à l'argent rend vivant le problème posé dans la discussion de la première scène. On voit en outre l'habileté de Molière à mélanger comédie et ballet. Il choisit un argument qui lui permet de faire intervenir la musique et la danse. Cela justifie rationnellement (la « vraisemblance ») les entrées de ballet.

Présentation du personnage

Le bourgeois gentilhomme : nombreux sont les détails qui montrent que M. Jourdain est riche mais sans éducation : il n'est pas un « *honnête homme* », mais un bourgeois prétentieux. Son application à imiter les « *gens de qualité* » explique la seconde partie du titre. C'est un personnage attendu : on parle de M. Jourdain dans la scène 1 sans qu'il apparaisse. Molière joue avec l'attente du spectateur. C'est un procédé qu'il avait déjà utilisé de façon spectaculaire dans *Tartuffe* : celui-ci n'apparaît qu'à l'acte III.

Force comique de l'acte I

Le personnage est un monomaniaque : caricaturer un ridicule est un procédé fréquent dans les dernières comédies de Molière (*L'Avare, Le Malade imaginaire*). Enfermé dans sa folie, M. Jourdain est le seul à ne pas voir la réalité. Il n'a donc aucun scrupule à avouer ses prétentions : il fait rire aussi par sa franchise. Mais le comique de cet acte repose plus spécifiquement sur le jeu des discordances : à Iris, M. Jourdain répond par Jeanneton ; à la préciosité des deux maîtres, il oppose son bon sens (« *Pourquoi toujours des bergers ?* »). Pensons aussi que Molière destine d'abord sa pièce à un public d'aristocrates cultivés : ceux-ci saisissent parfaitement toutes les nuances qui montrent que M. Jourdain est inculte. Cette complicité est essentielle pour faire rire.

ACTE II

SCÈNE PREMIÈRE. MONSIEUR JOURDAIN, MAÎTRE DE MUSIQUE, MAÎTRE À DANSER, LAQUAIS.

MONSIEUR JOURDAIN. Voilà qui n'est point sot, et ces gens-là se trémoussent[1] bien.

MAÎTRE DE MUSIQUE. Lorsque la danse sera mêlée avec la musique, cela fera plus d'effet encore, et vous verrez quelque
5 chose de galant dans le petit ballet que nous avons ajusté[2] pour vous.

MONSIEUR JOURDAIN. C'est pour tantôt au moins ; et la personne pour qui j'ai fait faire tout cela me doit faire l'honneur de venir dîner céans[3].

10 MAÎTRE À DANSER. Tout est prêt.

MAÎTRE DE MUSIQUE. Au reste, monsieur, ce n'est pas assez, il faut qu'une personne comme vous, qui êtes magnifique[4] et qui avez de l'inclination pour les belles choses, ait un concert de musique chez soi tous les mercredis, ou tous les jeudis.

15 MONSIEUR JOURDAIN. Est-ce que les gens de qualité en ont ?

MAÎTRE DE MUSIQUE. Oui, monsieur.

----

1. **Se trémoussent :** s'agitent, se tortillent.
2. **Ajusté :** arrangé, apprêté.
3. **Dîner céans :** déjeuner à la maison.
4. **Magnifique :** sens latin. Se dit d'un homme qui fait de grandes dépenses, aime le faste, a grande allure.

MONSIEUR JOURDAIN. J'en aurai donc. Cela sera-t-il beau ?

MAÎTRE DE MUSIQUE. Sans doute. Il vous faudra trois voix,
20 un dessus, une haute-contre et une basse, qui seront accompagnées d'une basse de viole, d'un téorbe et d'un clavecin pour les basses continues, avec deux dessus de violon pour jouer les ritournelles[1].

MONSIEUR JOURDAIN. Il y faudra mettre aussi une
25 trompette marine[2]. La trompette marine est un instrument qui me plaît, et qui est harmonieux.

MAÎTRE DE MUSIQUE. Laissez-nous gouverner les choses.

MONSIEUR JOURDAIN. Au moins, n'oubliez pas tantôt de m'envoyer des musiciens pour chanter à table.

30 MAÎTRE DE MUSIQUE. Vous aurez tout ce qu'il vous faut.

MONSIEUR JOURDAIN. Mais surtout que le ballet soit beau.

MAÎTRE DE MUSIQUE. Vous en serez content, et, entre autres choses, de certains menuets[3] que vous y verrez.

MONSIEUR JOURDAIN. Ah ! les menuets sont ma danse, et
35 je veux que vous me les voyiez danser. Allons, mon maître.

MAÎTRE À DANSER. Un chapeau, monsieur, s'il vous plaît. *(M. Jourdain va prendre le chapeau de son laquais et le met par-dessus son bonnet de nuit. Son maître lui prend les mains*

----

1. **Un dessus** : un ténor. **Haute-contre** : voix d'homme aiguë. **Basse de viole** : ancêtre historique du violoncelle. **Téorbe** : grand luth (instrument proche de la guitare), à deux manches. **Clavecin** : instrument à clavier, à cordes pincées. **Basses continues** : accompagnement. **Deux dessus de violon** : deux violons pour jouer les parties instrumentales aiguës. **Ritournelles** : refrains, petites phrases qui encadrent les morceaux chantés.
2. **Trompette marine** : instrument à manche très long, muni d'une seule corde, qui donne un ronflement bruyant. C'est plutôt un instrument de musicien des rues.
3. **Menuets** : danses à trois temps, gracieuses, à pas « menus ».

et le fait danser sur un air de menuet qu'il chante.) La, la,
40 la ; – La, la, la, la, la, la ; – La, la, la, *bis* ; – La, la, la ; – La,
la. En cadence, s'il vous plaît. La, la, la, la. La jambe droite.
La, la, la. Ne remuez point tant les épaules. La, la, la, la, la ;
– La, la, la, la, la. Vos deux bras sont estropiés. La, la, la,
la, la. Haussez la tête. Tournez la pointe du pied en dehors.
45 La, la, la. Dressez votre corps.

MONSIEUR JOURDAIN. Euh ?

MAÎTRE DE MUSIQUE. Voilà qui est le mieux du monde.

MONSIEUR JOURDAIN. À propos. Apprenez-moi comme il
faut faire une révérence pour saluer une marquise ; j'en aurai
50 besoin tantôt.

MAÎTRE À DANSER. Une révérence pour saluer une
marquise ?

MONSIEUR JOURDAIN. Oui, une marquise qui s'appelle
Dorimène.

55 MAÎTRE À DANSER. Donnez-moi la main.

MONSIEUR JOURDAIN. Non. Vous n'avez qu'à faire, je le
retiendrai bien.

MAÎTRE À DANSER. Si vous voulez la saluer avec beaucoup
de respect, il faut faire d'abord une révérence en arrière, puis
60 marcher vers elle avec trois révérences en avant, et à la
dernière vous baisser jusqu'à ses genoux.

MONSIEUR JOURDAIN. Faites un peu. *(Après que le maître
à danser a fait trois révérences.)* Bon !

LE LAQUAIS. Monsieur, voilà votre maître d'armes qui est là.

65 MONSIEUR JOURDAIN. Dis-lui qu'il entre ici pour me
donner leçon. *(Au maître de musique et au maître à danser.)*
Je veux que vous me voyiez faire.

Scène 2. Maître d'armes,
Maître de musique, Maître à danser,
Monsieur Jourdain,
UN LAQUAIS, *tenant deux fleurets*[1].

Maître d'armes, *après avoir pris les deux fleurets de la main du laquais et en avoir présenté un à M. Jourdain.* Allons, monsieur, la révérence[2]. Votre corps droit. Un peu penché sur la cuisse gauche. Les jambes point tant écartées.
5 Vos pieds sur une même ligne. Votre poignet à l'opposite[3] de votre hanche. La pointe de votre épée vis-à-vis de votre épaule. Le bras pas tout à fait si étendu. La main gauche à la hauteur de l'œil. L'épaule gauche plus quartée[4]. La tête droite. Le regard assuré. Avancez. Le corps ferme. Touchez-
10 moi, l'épée de quarte, et achevez de même. Une, deux. Remettez-vous. Redoublez de pied ferme. Une, deux. Un saut en arrière. Quand vous portez la botte[5], monsieur, il faut que l'épée parte la première, et que le corps soit bien effacé. Une, deux. Allons, touchez-moi, l'épée de tierce[6], et
15 achevez de même. Avancez. Le corps ferme. Avancez. Partez de là. Une, deux. Remettez-vous. Redoublez. Une, deux. Un saut en arrière. En garde, monsieur, en garde !
(Le maître d'armes lui pousse deux ou trois bottes en lui disant : « En garde ! »)

20 **Monsieur Jourdain.** Euh ?

---

1. **Fleurets** : épées fines et légères, terminées par un bouton (pour ne pas blesser le partenaire en escrime).
2. **Révérence** : « salut aux armes » exécuté par les combattants. Cela n'a rien de mondain.
3. **À l'opposite** : en face, à la hauteur de.
4. **L'épaule ... quartée** : effacée comme dans la garde de quarte.
5. **Portez la botte** : portez un coup avec le fleuret.
6. **Tierce** : la quarte et la tierce sont deux positions classiques d'attaque en escrime (il y en a huit).

MAÎTRE DE MUSIQUE. Vous faites des merveilles.

MAÎTRE D'ARMES. Je vous l'ai déjà dit ; tout le secret des armes ne consiste qu'en deux choses : à donner et à ne point recevoir ; et, comme je vous fis voir l'autre jour par raison
25 démonstrative[1], il est impossible que vous receviez, si vous savez détourner l'épée de votre ennemi de la ligne de votre corps ; ce qui ne dépend seulement que d'un petit mouvement de poignet, ou en dedans ou en dehors.

MONSIEUR JOURDAIN. De cette façon donc, un homme,
30 sans avoir du cœur[2], est sûr de tuer son homme et de n'être point tué ?

MAÎTRE D'ARMES. Sans doute. N'en vîtes-vous pas la démonstration ?

MONSIEUR JOURDAIN. Oui.

35 **MAÎTRE D'ARMES.** Et c'est en quoi l'on voit de quelle considération, nous autres, nous devons être dans un État, et combien la science des armes l'emporte hautement sur toutes les autres sciences inutiles, comme la danse, la musique, la...

40 **MAÎTRE À DANSER.** Tout beau[3], monsieur le tireur d'armes. Ne parlez de la danse qu'avec respect.

MAÎTRE DE MUSIQUE. Apprenez, je vous prie, à mieux traiter l'excellence de la musique.

MAÎTRE D'ARMES. Vous êtes de plaisantes gens, de vouloir
45 comparer vos sciences à la mienne !

MAÎTRE À DANSER. Voyez un peu l'homme d'importance !

----

1. **Raison démonstrative** : argument qui établit de manière évidente. Terme de rhétorique.
2. **Cœur** : courage.
3. **Tout beau** : doucement ; surveillez votre langage.

MAÎTRE DE MUSIQUE. Voilà un plaisant animal[1] avec son plastron[2] !

MAÎTRE D'ARMES. Mon petit maître à danser, je vous ferais
50 danser comme il faut. Et vous, mon petit musicien, je vous ferais chanter de la belle manière.

MAÎTRE À DANSER. Monsieur le batteur de fer, je vous apprendrai votre métier.

MONSIEUR JOURDAIN, *au maître à danser.* Êtes-vous fou
55 de l'aller quereller, lui qui entend la tierce et la quarte, et qui sait tuer un homme par raison démonstrative ?

MAÎTRE À DANSER. Je me moque de sa raison démonstrative, et de sa tierce, et de sa quarte.

MONSIEUR JOURDAIN, *au maître à danser.* Tout doux,
60 vous dis-je.

MAÎTRE D'ARMES, *au maître à danser.* Comment ? petit impertinent !

MONSIEUR JOURDAIN. Eh ! mon maître d'armes.

MAÎTRE À DANSER, *au maître d'armes.* Comment ? grand
65 cheval de carrosse[3] !

MONSIEUR JOURDAIN. Eh ! mon maître à danser.

MAÎTRE D'ARMES. Si je me jette sur vous...

MONSIEUR JOURDAIN, *au maître d'armes.* Doucement.

MAÎTRE À DANSER. Si je mets sur vous la main...

70 **MONSIEUR JOURDAIN,** *au maître à danser.* Tout beau.

----

1. **Animal :** injure légère.
2. **Plastron :** plaque de protection que les escrimeurs se mettent sur la poitrine.
3. **Cheval de carrosse :** bête, lourd comme un cheval attelé, qu'on ne monte pas. Injure très forte.

MAÎTRE D'ARMES. Je vous étrillerai[1] d'un air...

MONSIEUR JOURDAIN, *au maître d'armes*. De grâce...

MAÎTRE À DANSER. Je vous rosserai[2] d'une manière...

MONSIEUR JOURDAIN, *au maître à danser*. Je vous prie...

75 MAÎTRE DE MUSIQUE. Laissez-nous un peu lui apprendre à parler.

MONSIEUR JOURDAIN, *au maître de musique*. Mon Dieu, arrêtez-vous

---

1. **Étrillerai** : battrai. Au sens propre : nettoierai la peau des chevaux, avec une plaque de fer.
2. **Rosserai** : donnerai des coups, frapperai avec violence.

Repères

• Premières indications sur l'intrigue : que se passera-t-il aujourd'hui chez M. Jourdain ? Est-ce important pour lui ? Est-ce important par rapport au titre de la pièce ?
• Le maître d'armes entre en scène : son arrivée est-elle préparée ? Ce nouveau personnage est-il tout de suite bien caractérisé ?

Observation

• Comment se trahit la folie de M. Jourdain ? Quelle est la question qu'il pose depuis le début de la pièce (scène 1) ?
• La révérence : toutes les précisions que donne M. Jourdain sont-elles utiles ? Pourquoi est-il si précis ?
• Étudiez les commentaires du maître de danse pendant le menuet, et imaginez quelle allure a M. Jourdain. Est-il distingué ?
• « *Ces gens-là se trémoussent bien* » (scène 1, l. 2) : est-ce l'appréciation qu'attendent les deux maîtres ? Caractérisez le vocabulaire de M. Jourdain. Il demande une « *trompette marine* » ; que peut-on en déduire sur ses goûts musicaux ?
• Dans la scène 2, M. Jourdain se réjouit de pouvoir tuer « *sans avoir du cœur* ». Est-ce conforme à l'idéal du gentilhomme ? Quel est le signe distinctif de la noblesse ?
• L'importance des gestes : que fait le maître d'armes pendant sa tirade ? À votre avis, que fait le bourgeois pendant ce temps ?
• Comment naît la querelle ? Quel trait de caractère révèle-t-elle sur les trois maîtres ?

Interprétations

• Les trois maîtres emploient chacun un vocabulaire spécifique : relevez les termes les plus caractéristiques. Comment sont utilisés les termes techniques au moment de la querelle ? Quel procédé ironique emploie le maître d'armes ?
• Le maître de musique flatte le bourgeois à trois reprises. Est-ce uniquement par intérêt ? Sur quel procédé comique cela repose-t-il ?
• Avant et après le menuet, avant et après l'escrime, M. Jourdain dit les mêmes répliques. Comment appelle-t-on cette forme de comique ?

SCÈNE 3. MAÎTRE DE PHILOSOPHIE, MAÎTRE DE MUSIQUE, MAÎTRE À DANSER, MAÎTRE D'ARMES, MONSIEUR JOURDAIN, LAQUAIS.

MONSIEUR JOURDAIN. Holà ! monsieur le philosophe, vous arrivez tout à propos avec votre philosophie. Venez un peu mettre la paix entre ces personnes-ci.

MAÎTRE DE PHILOSOPHIE. Qu'est-ce donc ? Qu'y a-t-il,
5 messieurs ?

MONSIEUR JOURDAIN. Ils se sont mis en colère pour la préférence[1] de leurs professions, jusqu'à se dire des injures et vouloir en venir aux mains.

MAÎTRE DE PHILOSOPHIE. Hé quoi ! messieurs, faut-il
10 s'emporter de la sorte ? et n'avez-vous point lu le docte[2] traité que Sénèque[3] a composé de la[4] colère ? Y a-t-il rien de plus bas et de plus honteux que cette passion, qui fait d'un homme une bête féroce ? Et la raison ne doit-elle pas être maîtresse de tous nos mouvements ?

15 MAÎTRE À DANSER. Comment ! Monsieur, il vient nous dire des injures à tous deux, en méprisant la danse, que j'exerce, et la musique, dont il fait profession.

MAÎTRE DE PHILOSOPHIE. Un homme sage est au-dessus de toutes les injures qu'on lui peut dire ; et la grande réponse
20 qu'on doit faire aux outrages, c'est la modération et la patience.

----

1. **Pour la préférence :** pour défendre la supériorité de leurs professions.
2. **Docte :** savant.
3. **Sénèque :** philosophe latin, précepteur de l'empereur Néron (2 av. J.-C.- 65 apr. J.-C.).
4. **De la :** du latin *de* : au sujet de. Sénèque a écrit en effet un livre sur la colère : *De ira.*

MAÎTRE D'ARMES. Ils ont tous d'eux l'audace de vouloir comparer leurs professions à la mienne.

MAÎTRE DE PHILOSOPHIE. Faut-il que cela vous émeuve ? Ce
25 n'est pas de vaine gloire et de condition[1] que les hommes doivent disputer[2] entre eux ; et ce qui nous distingue parfaitement les uns des autres, c'est la sagesse et la vertu.

MAÎTRE À DANSER. Je lui soutiens que la danse est une science[3] à laquelle on ne peut faire assez d'honneur.

30 MAÎTRE DE MUSIQUE. Et moi, que la musique en est une que tous les siècles ont révérée[4].

MAÎTRE D'ARMES. Et moi, je leur soutiens à tous deux que la science de tirer des armes est la plus belle et la plus nécessaire de toutes les sciences.

35 MAÎTRE DE PHILOSOPHIE. Et que sera donc la philosophie ? Je vous trouve tous trois bien impertinents de parler devant moi avec cette arrogance[5], et de donner impudemment[6] le nom de science à des choses que l'on ne doit pas même honorer du nom d'art, et qui ne peuvent être comprises que
40 sous le nom de métier misérable de gladiateur[7], de chanteur et de baladin[8] !

---

1. **Condition** : rang dans la société (déterminé par la naissance ou par la profession).
2. **Disputer** : discuter.
3. **Science** : pour faire valoir leurs disciplines, les maîtres ne parlent plus d'art (acte I, scène 2) mais de science. Or les sciences étaient, par opposition aux arts, les connaissances abstraites : celles qui reposent sur le pur raisonnement. Cela contribue donc à la colère du philosophe qui se sent seul « scientifique ».
4. **Révérée** : respectée, honorée.
5. **Arrogance** : insolence, façon de le prendre de haut.
6. **Impudemment** : sans honte, sans pudeur.
7. **Gladiateur** : homme qui, dans l'Antiquité romaine, combattait dans le cirque. Au XVIIᵉ siècle, seuls les nobles avaient le droit de porter l'épée, l'escrime était un art noble, très lié au courage et à l'honneur. Le gladiateur est de condition très inférieure, il s'exhibe dans des combats sanglants contre des hommes ou des bêtes. Le terme est donc très péjoratif.
8. **Baladin** : danseur de théâtre de rue.

MAÎTRE D'ARMES. Allez, philosophe de chien !

MAÎTRE DE MUSIQUE. Allez, bélître[1] de pédant !

MAÎTRE À DANSER. Allez, cuistre[2] fieffé[3] !

45 MAÎTRE DE PHILOSOPHIE. Comment ! marauds[4] que vous êtes...
(Le philosophe se jette sur eux, et tous trois le chargent de coups.)

MONSIEUR JOURDAIN. Monsieur le philosophe !

50 MAÎTRE DE PHILOSOPHIE. Infâmes ! coquins ! insolents !

MONSIEUR JOURDAIN. Monsieur le philosophe !

MAÎTRE D'ARMES. La peste l'animal[5] !

MONSIEUR JOURDAIN. Messieurs.

MAÎTRE DE PHILOSOPHIE. Impudents !

55 MONSIEUR JOURDAIN. Monsieur le philosophe !

MAÎTRE À DANSER. Diantre[6] soit de l'âne bâté[7] !

MONSIEUR JOURDAIN. Messieurs.

MAÎTRE DE PHILOSOPHIE. Scélérats !

MONSIEUR JOURDAIN. Monsieur le philosophe !

----

1. **Bélître** : coquin, homme de rien (terme injurieux).
2. **Cuistre** : personne qui fait étalage de ses connaissances, bien que celles-ci soient douteuses.
3. **Fieffé** : qui a atteint le plus haut degré d'un défaut.
4. **Marauds** : injure. Mendiants, filous.
5. **La peste l'animal** : abréviation de « la peste emporte l'animal ».
6. **Diantre** : juron.
7. **L'âne bâté** : âne harnaché pour porter des fardeaux (encore plus bête et rétif).

*M. Jourdain (Jérôme Savary) entre maître de danse (François Borisse)
et maître de musique (André Burton) dans la mise en scène de Jérôme Savary.
Théâtre national de Chaillot, Paris, 1989.*

60 MAÎTRE DE MUSIQUE. Au diable l'impertinent !

MONSIEUR JOURDAIN. Messieurs.

MAÎTRE DE PHILOSOPHIE. Fripons ! gueux[1] ! traîtres !
imposteurs !

MONSIEUR JOURDAIN. Monsieur le philosophe, messieurs,
65 monsieur le philosophe, messieurs, monsieur le
philosophe !... *(Ils sortent en se battant.)* Oh ! battez-vous
tant qu'il vous plaira, je n'y saurais que faire, et je n'irai pas
gâter ma robe pour vous séparer. Je serais bien fou de m'aller
fourrer parmi eux pour recevoir quelque coup qui me ferait
70 mal.

---

1. **Gueux :** coquins, personnes pauvres (injure).

REPÈRES

• Un nouveau personnage est introduit : le maître de philosophie. Qu'attend-on du philosophe ?
• Combien de maîtres sont sur scène ? Quel est l'effet de l'accumulation ?

OBSERVATION

• Étudiez le discours du maître de philosophie (l. 9-14) : peut-on répondre librement à ses questions ? Quel est le ton de son intervention ?
• Faites la liste des qualités qu'il évoque : en fait-il preuve à la fin de la scène ? Quel est l'intérêt de parler du traité de Sénèque sur la colère : le maître de philosophie a-t-il profité de ses lectures ?
• À quel moment devient-il méprisant, et pourquoi ? Quelles répliques des autres maîtres déchaînent sa colère ? L'indication *« le philosophe se jette sur eux »* est-elle importante ?
• Où se situe la vanité des quatre maîtres ? Pourquoi ne peuvent-ils pas s'entendre ? Sont-ils prêts à admettre les arguments des autres ?
• Observez quelle place tient M. Jourdain dans cette scène. Est-il présent, efficace ? Ses répliques ajoutent au comique : pourquoi ?
• La conclusion résume les préoccupations de M. Jourdain : fait-il preuve de sagesse ou de bêtise, ici ?

INTERPRÉTATIONS

• La dispute généralisée : à quelle sorte de comique fait-elle appel ? Est-il entièrement perceptible à la lecture ?
• Molière a beaucoup admiré les Comédiens italiens et partagé son théâtre avec eux : savez-vous comment ils jouaient, et comment on appelait la comédie italienne ? Quels éléments de comique Molière a-t-il pu leur prendre ? Que signifie le mot pantomime ?
• Étudiez le parallélisme de la scène : comment aux discours pompeux du philosophe répondent les échanges d'injures.

Scène 4. Maître de philosophie, Monsieur Jourdain, deux laquais.

Maître de philosophie, *en raccommodant son collet*[1]. Venons à notre leçon.

Monsieur Jourdain. Ah ! monsieur, je suis fâché des coups qu'ils vous ont donnés.

5 Maître de philosophie. Cela n'est rien. Un philosophe sait recevoir comme il faut les choses, et je vais composer contre eux une satire du style de Juvénal[2], qui les déchirera[3] de la belle façon. Laissons cela. Que voulez-vous apprendre ?

Monsieur Jourdain. Tout ce que je pourrai, car j'ai toutes 10 les envies du monde d'être savant, et j'enrage que mon père et ma mère ne m'aient pas fait bien étudier dans toutes les sciences, quand j'étais jeune.

Maître de philosophie. Ce sentiment est raisonnable. *Nam sine doctrina vita est quasi mortis imago.* Vous 15 entendez[4] cela, et vous savez le latin sans doute ?

Monsieur Jourdain. Oui, mais faites comme si je ne le savais pas. Expliquez-moi ce que cela veut dire.

Maître de philosophie. Cela veut dire que sans la science la vie est presque une image de la mort.

20 Monsieur Jourdain. Ce latin-là a raison.

----

1. **Collet :** rabat de toile blanche que l'on mettait autour du cou.
2. **Satire du style de Juvénal :** poème où l'on attaque les ridicules et les vices de ses contemporains, comme l'a fait Juvénal, auteur latin (IIᵉ siècle après J.-C.).
3. **Déchirera :** détruira, anéantira.
4. **Entendez :** comprenez.

MAÎTRE DE PHILOSOPHIE. N'avez-vous point quelques principes[1], quelques commencements des sciences ?

MONSIEUR JOURDAIN. Oh ! oui, je sais lire et écrire.

MAÎTRE DE PHILOSOPHIE. Par où vous plaît-il que nous
25 commencions ? Voulez-vous que je vous apprenne la logique[2] ?

MONSIEUR JOURDAIN. Qu'est-ce que c'est que cette logique ?

MAÎTRE DE PHILOSOPHIE. C'est elle qui enseigne les trois
30 opérations de l'esprit[3].

MONSIEUR JOURDAIN. Qui sont-elles, ces trois opérations de l'esprit ?

MAÎTRE DE PHILOSOPHIE. La première, la seconde et la troisième. La première est de bien concevoir par le moyen des
35 universaux[4] ; la seconde, de bien juger par le moyen des catégories[5] ; et la troisième, de bien tirer une conséquence par le moyen des figures[6]. *Barbara, Celarent, Darii, Ferio, Baralipton*[7], etc.

MONSIEUR JOURDAIN. Voilà des mots qui sont trop
40 rébarbatifs. Cette logique-là ne me revient point. Apprenons autre chose qui soit plus joli.

----

1. **Principes** : notions fondamentales.
2. **Logique** : partie de la philosophie qui apprend à raisonner.
3. **Trois opérations de l'esprit** : comme le maître de philosophie le détaille ensuite : la perception, le jugement, le raisonnement.
4. **Universaux** : caractères communs à tous les individus d'une espèce. Ils sont cinq : le genre, l'espèce, la différence, le propre et l'accident.
5. **Catégories** : notion définie par Aristote (philosophe grec, IVe siècle avant J.-C.) : classes selon lesquelles se répartissent les êtres.
6. **Figures** : ordre des termes dont est formé un raisonnement.
7. Formules mnémotechniques destinées à rappeler les principales dispositions du raisonnement, traditionnelles depuis le Moyen Âge.

MAÎTRE DE PHILOSOPHIE. Voulez-vous apprendre la morale ?

MONSIEUR JOURDAIN. La morale ?

45 MAÎTRE DE PHILOSOPHIE. Oui.

MONSIEUR JOURDAIN. Qu'est-ce qu'elle dit, cette morale ?

MAÎTRE DE PHILOSOPHIE. Elle traite de la félicité[1], enseigne aux hommes à modérer leurs passions, et...

MONSIEUR JOURDAIN. Non, laissons cela. Je suis bilieux[2]
50 comme tous les diables ; et, il n'y a morale qui tienne, je me veux mettre en colère tout mon soûl, quand il m'en prend envie.

MAÎTRE DE PHILOSOPHIE. Est-ce la physique[3] que vous voulez apprendre ?

55 MONSIEUR JOURDAIN. Qu'est-ce qu'elle chante, cette physique ?

MAÎTRE DE PHILOSOPHIE. La physique est celle qui explique les principes des choses naturelles et les propriétés du corps ; qui discourt de la nature des éléments, des métaux, des
60 minéraux, des pierres, des plantes et des animaux, et nous enseigne les causes de tous les météores[4], l'arc-en-ciel, les feux volants[5], les comètes, les éclairs, le tonnerre, la foudre, la pluie, la neige, la grêle, les vents et les tourbillons[6].

---

1. **Félicité :** bonheur.
2. **Bilieux :** coléreux. Au sens propre, la bile est une substance âcre.
3. **Physique :** au XVIIᵉ siècle, le terme englobe la physique proprement dite, mais aussi la chimie, l'astronomie, la botanique, etc.
4. **Météores :** pluie, vent, grêle, tonnerre : tous les phénomènes atmosphériques.
5. **Feux volants :** feux follets.
6. **Tourbillons :** cyclones.

MONSIEUR JOURDAIN. Il y a trop de tintamarre là-dedans,
65 trop de brouillamini[1].

MAÎTRE DE PHILOSOPHIE. Que voulez-vous donc que je vous
apprenne ?

MONSIEUR JOURDAIN. Apprenez-moi l'orthographe.

MAÎTRE DE PHILOSOPHIE. Très volontiers.

70 MONSIEUR JOURDAIN. Après, vous m'apprendrez l'almanach[2], pour savoir quand il y a de la lune et quand il n'y en
a point.

MAÎTRE DE PHILOSOPHIE. Soit. Pour bien suivre votre
pensée et traiter cette matière en philosophe, il faut
75 commencer, selon l'ordre des choses, par une exacte
connaissance de la nature des lettres et de la différente
manière de les prononcer toutes. Et là-dessus j'ai à vous dire
que les lettres sont divisées en voyelles, ainsi dites voyelles
parce qu'elles expriment les voix[3] ; et en consonnes, ainsi
80 appelées consonnes parce qu'elles sonnent avec les voyelles,
et ne font que marquer les diverses articulations des voix. Il
y a cinq voyelles ou voix : A, E, I, O, U.

MONSIEUR JOURDAIN. J'entends tout cela.

MAÎTRE DE PHILOSOPHIE. La voix A se forme en ouvrant
85 fort la bouche : A.

MONSIEUR JOURDAIN. A, A, oui.

MAÎTRE DE PHILOSOPHIE. La voix E se forme en
rapprochant la mâchoire d'en bas de celle d'en haut : A, E.

----

1. **Brouillamini** : choses embrouillées. Au sens propre, préparation
pharmaceutique où l'on mélange de nombreux ingrédients.
2. **Almanach** : calendrier.
3. **Voix** : sons.

MONSIEUR JOURDAIN. A, E ; A, E. Ma foi, oui. Ah ! que
90 cela est beau !

MAÎTRE DE PHILOSOPHIE. Et la voix I, en rapprochant
encore davantage les mâchoires l'une de l'autre, et écartant
les deux coins de la bouche vers les oreilles : A, E, I.

MONSIEUR JOURDAIN. A, E, I, I, I, I. Cela est vrai. Vive la
95 science !

MAÎTRE DE PHILOSOPHIE. La voix O se forme en rouvrant
les mâchoires et rapprochant les lèvres par les deux coins, le
haut et le bas : O.

MONSIEUR JOURDAIN. O, O. Il n'y a rien de plus juste. A,
100 E, I, O, I, O. Cela est admirable ! I, O, I, O.

MAÎTRE DE PHILOSOPHIE. L'ouverture de la bouche fait
justement comme un petit rond qui représente un O.

MONSIEUR JOURDAIN. O, O, O. Vous avez raison. O. Ah !
la belle chose que de savoir quelque chose !

105 MAÎTRE DE PHILOSOPHIE. La voix U se forme en
rapprochant les dents sans les joindre entièrement, et
allongeant les deux lèvres en dehors, les approchant aussi
l'une de l'autre sans les joindre tout à fait : U.

MONSIEUR JOURDAIN. U, U. Il n'y a rien de plus véritable,
110 U.

MAÎTRE DE PHILOSOPHIE. Vos deux lèvres s'allongent
comme si vous faisiez la moue, d'où vient que, si vous la
voulez faire à quelqu'un et vous moquer de lui, vous ne
sauriez lui dire que U.

115 MONSIEUR JOURDAIN. U, U. Cela est vrai. Ah ! que n'ai-je
étudié plus tôt pour savoir tout cela !

MAÎTRE DE PHILOSOPHIE. Demain, nous verrons les autres lettres, qui sont les consonnes.

MONSIEUR JOURDAIN. Est-ce qu'il y a des choses aussi 120 curieuses qu'à celles-ci ?

MAÎTRE DE PHILOSOPHIE. Sans doute. La consonne D, par exemple, se prononce en donnant du bout de la langue au-dessus des dents d'en haut : DA.

MONSIEUR JOURDAIN. DA, DA. Oui. Ah ! les belles choses ! 125 les belles choses !

MAÎTRE DE PHILOSOPHIE. L'F, en appuyant les dents d'en haut sur la lèvre de dessous : FA.

MONSIEUR JOURDAIN. FA, FA. C'est la vérité. Ah ! mon père et ma mère, que je vous veux de mal !

130 MAÎTRE DE PHILOSOPHIE. Et l'R, en portant le bout de la langue jusqu'au haut du palais ; de sorte, qu'étant frôlée par l'air qui sort avec force, elle lui cède et revient toujours au même endroit, faisant une manière de tremblement : R, RA.

MONSIEUR JOURDAIN. R, R, RA ; R, R, R, R, R, RA. Cela 135 est vrai. Ah ! l'habile homme que vous êtes ! et que j'ai perdu de temps ! R, R, R, RA.

MAÎTRE DE PHILOSOPHIE. Je vous expliquerai à fond toutes ces curiosités.

MONSIEUR JOURDAIN. Je vous en prie. Au reste, il faut que 140 je vous fasse une confidence. Je suis amoureux d'une personne de grande qualité, et je souhaiterais que vous m'aidassiez à lui écrire quelque chose dans un petit billet que je veux laisser tomber à ses pieds.

MAÎTRE DE PHILOSOPHIE. Fort bien.

145 MONSIEUR JOURDAIN. Cela sera galant, oui.

Le Bourgeois gentilhomme *à la Comédie-Française,*
dans une mise en scène de Jean-Laurent Cochet,
avec M. Jourdain (Jean Le Poulain)
et le maître de philosophie (Jacques Sereys), 1980.

Maître de philosophie. Sans doute. Sont-ce des vers que vous lui voulez écrire ?

Monsieur Jourdain. Non, non, point de vers.

Maître de philosophie. Vous ne voulez que de la prose ?

150 Monsieur Jourdain. Non, je ne veux ni prose ni vers.

Maître de philosophie. Il faut bien que ce soit l'un ou l'autre.

Monsieur Jourdain. Pourquoi ?

Maître de philosophie. Par la raison, monsieur, qu'il n'y
155 a pour s'exprimer que la prose ou les vers.

Monsieur Jourdain. Il n'y a que la prose ou les vers ?

Maître de philosophie. Non, monsieur : tout ce qui n'est point prose est vers ; et tout ce qui n'est point vers est prose.

Monsieur Jourdain. Et comme l'on parle, qu'est-ce que
160 c'est donc que cela ?

Maître de philosophie. De la prose.

Monsieur Jourdain. Quoi ! quand je dis : « Nicole, apportez-moi mes pantoufles, et me donnez mon bonnet de nuit », c'est de la prose ?

165 Maître de philosophie. Oui, monsieur.

Monsieur Jourdain. Par ma foi ! il y a plus de quarante ans que je dis de la prose sans que j'en susse rien ; et je vous suis le plus obligé du monde de m'avoir appris cela. Je voudrais donc lui mettre dans un billet : « Belle marquise,
170 vos beaux yeux me font mourir d'amour », mais je voudrais que cela fût mis d'une manière galante, que ce fût tourné gentiment.

MAÎTRE DE PHILOSOPHIE. Mettre que les feux de ses yeux réduisent votre cœur en cendres ; que vous souffrez nuit et 175 jour pour elle les violences d'un...

MONSIEUR JOURDAIN. Non, non, non, je ne veux point tout cela ; je ne veux que ce que je vous ai dit : « Belle marquise, vos beaux yeux me font mourir d'amour. »

MAÎTRE DE PHILOSOPHIE. Il faut bien étendre un peu la 180 chose.

MONSIEUR JOURDAIN. Non, vous dis-je, je ne veux que ces seules paroles-là dans le billet, mais tournées à la mode, bien arrangées comme il faut. Je vous prie de me dire un peu, pour voir, les diverses manières dont on les peut mettre.

185 MAÎTRE DE PHILOSOPHIE. On les peut mettre premièrement comme vous avez dit : « Belle marquise, vos beaux yeux me font mourir d'amour. » Ou bien : « D'amour mourir me font, belle marquise, vos beaux yeux. » Ou bien : « Vos yeux beaux d'amour me font, belle marquise, mourir. » Ou bien : 190 « Mourir vos beaux yeux, belle marquise, d'amour me font. » Ou bien : « Me font vos yeux beaux mourir, belle marquise, d'amour. »

MONSIEUR JOURDAIN. Mais, de toutes ces façons-là, laquelle est la meilleure ?

195 MAÎTRE DE PHILOSOPHIE. Celle que vous avez dite : « Belle marquise, vos beaux yeux me font mourir d'amour. »

MONSIEUR JOURDAIN. Cependant je n'ai point étudié, et j'ai fait cela tout du premier coup. Je vous remercie de tout mon cœur, et vous prie de venir demain de bonne heure.

200 MAÎTRE DE PHILOSOPHIE. Je n'y manquerai pas. *(Il sort.)*

MONSIEUR JOURDAIN, *à son laquais.* Comment, mon habit n'est point encore arrivé ?

Repères

• Une rupture de ton (scènes 3-4) : qu'est-ce qui change ?
• Cette scène est souvent donnée en extrait. À votre avis pourquoi ?
A-t-on besoin du reste de la pièce pour la comprendre ?
• Quel élément nouveau apprenons-nous sur l'intrigue ?
• Distinguez les différentes parties de la scène et caractérisez-les.

Observation

• Deux langages qui s'opposent :
– M. Jourdain, dans la première partie, reprend le nom de chaque
discipline. Par quel mot grammatical les met-il à distance ? En quoi
cela révèle-t-il son ignorance ?
– Les verbes l. 31 ; 46 ; 55. Quel procédé Molière emploie-t-il ?
– Étudiez l'opposition entre les termes techniques employés par le
philosophe et les termes familiers employés par M. Jourdain.
• M. Jourdain cherche-t-il à cacher son ignorance ? Qu'est-ce qui
suscite son enthousiasme ? Veut-il apprendre des choses difficiles ?
• Les voyelles, la distinction entre vers et prose sont-elles très utiles
à M. Jourdain ? Quel est l'effet comique recherché par Molière
pendant la scène des voyelles ? Relevez les commentaires de
M. Jourdain : sont-ils proportionnés à ce qu'il apprend ?
• Dans la dernière partie de la scène, montrez en quoi consistent la
sottise et la vanité de M. Jourdain.

Interprétations

• Le personnage du pédant : dans quelle autre pièce Molière a-t-il
mis en scène des personnages fiers de leur savoir ? Qu'est-ce qui est
ridicule dans la science du philosophe ? Répond-il au besoin
d'apprendre que M. Jourdain exprime ?
• M. Jourdain est-il seulement ridicule dans cette scène ? Son besoin
d'apprendre est-il méprisable ? Pourquoi est-il si fier de savoir lire
et écrire ?
• Dans *Les Précieuses ridicules* Molière a fait la satire du langage
trop orné. M. Jourdain entre-t-il dans tous ces raffinements ?

LE LAQUAIS. Non, monsieur.

MONSIEUR JOURDAIN. Ce maudit tailleur me fait bien
205 attendre pour un jour où j'ai tant d'affaires ! J'enrage. Que la fièvre quartaine puisse serrer[1] bien fort le bourreau de tailleur ! Au diable le tailleur ! La peste étouffe le tailleur ! Si je le tenais maintenant, ce tailleur détestable, ce chien de tailleur-là, ce traître de tailleur, je...

SCÈNE 5. MAÎTRE TAILLEUR,
GARÇON TAILLEUR *portant l'habit*
de M. *Jourdain*, MONSIEUR JOURDAIN, LAQUAIS.

MONSIEUR JOURDAIN. Ah ! vous voilà ? Je m'allais mettre en colère contre vous.

MAÎTRE TAILLEUR. Je n'ai pas pu venir plus tôt, et j'ai mis vingt garçons après votre habit.

5 MONSIEUR JOURDAIN. Vous m'avez envoyé des bas de soie si étroits que j'ai eu toutes les peines du monde à les mettre, et il y a déjà deux mailles de rompues.

MAÎTRE TAILLEUR. Ils ne s'élargiront que trop.

MONSIEUR JOURDAIN. Oui, si je romps toujours des
10 mailles. Vous m'avez aussi fait faire des souliers qui me blessent furieusement[2].

MAÎTRE TAILLEUR. Point du tout, monsieur.

----

1. **Puisse serrer** : puisse attaquer, prendre à la gorge. La fièvre quartaine, ou fièvre quarte, est une fièvre qui revient tous les quatre jours.
2. **Furieusement** : terriblement.

Monsieur Jourdain. Comment, point du tout !

Maître tailleur. Non, ils ne vous blessent point.

15 Monsieur Jourdain. Je vous dis qu'ils me blessent, moi.

Maître tailleur. Vous vous imaginez cela.

Monsieur Jourdain. Je me l'imagine parce que je le sens. Voyez la belle raison !

Maître tailleur. Tenez, voilà le plus bel habit de la cour,
20 et le mieux assorti. C'est un chef-d'œuvre que d'avoir inventé un habit sérieux qui ne fût pas noir ; et je le donne en six coups[1] aux tailleurs les plus éclairés[2].

Monsieur Jourdain. Qu'est-ce que c'est que ceci ? Vous avez mis les fleurs en enbas[3].

25 Maître tailleur. Vous ne m'avez pas dit que vous les vouliez en enhaut.

Monsieur Jourdain. Est-ce qu'il faut dire cela ?

Maître tailleur. Oui, vraiment. Toutes les personnes de qualité les portent de la sorte.

30 Monsieur Jourdain. Les personnes de qualité portent les fleurs en enbas ?

Maître tailleur. Oui, monsieur.

---

1. **En six coups** : formule de défi, venant d'un jeu de dés.
2. **Éclairés** : savants dans leur discipline.
3. **En enbas** : locution adverbiale usuelle au XVIIᵉ siècle. Le tailleur a vraisemblablement mis par erreur les fleurs la tête en bas, et essaye de faire croire à monsieur Jourdain que c'est plus distingué.

MONSIEUR JOURDAIN. Oh ! voilà qui est donc bien.

MAÎTRE TAILLEUR. Si vous voulez, je les mettrai en enhaut.

35 MONSIEUR JOURDAIN. Non, non.

MAÎTRE TAILLEUR. Vous n'avez qu'à dire.

MONSIEUR JOURDAIN. Non, vous dis-je, vous avez bien fait. Croyez-vous que l'habit m'aille bien ?

MAÎTRE TAILLEUR. Belle demande ! Je défie un peintre avec
40 son pinceau de vous faire rien de plus juste. J'ai chez moi un garçon qui, pour monter une ringrave[1], est le plus grand génie du monde ; et un autre qui, pour assembler un pourpoint[2], est le héros de notre temps.

MONSIEUR JOURDAIN. La perruque et les plumes sont-elles
45 comme il faut ?

MAÎTRE TAILLEUR. Tout est bien.

MONSIEUR JOURDAIN, *en regardant l'habit du tailleur*. Ah ! ah ! monsieur le tailleur, voilà de mon étoffe du dernier habit que vous m'avez fait[3]. Je la reconnais bien.

50 MAÎTRE TAILLEUR. C'est que l'étoffe me sembla si belle que j'en ai voulu lever[4] un habit pour moi.

----

1. **Ringrave** : culotte (pantalon court) très large, mise à la mode par un noble du Rhin.
2. **Pourpoint** : vêtement masculin, veste ou gilet couvrant le corps du cou à la ceinture.
3. **Mon étoffe ... m'avez fait** : monsieur Jourdain est fier de posséder, c'est pourquoi il emploie l'adjectif possessif *(mon)* et le pronom personnel *(me)*, ce qui n'est pas correct grammaticalement.
4. **Lever** : couper dans une pièce de tissu.

MONSIEUR JOURDAIN. Oui, mais il ne fallait pas le lever avec le mien.

MAÎTRE TAILLEUR. Voulez-vous mettre votre habit ?

55 MONSIEUR JOURDAIN. Oui, donnez-le-moi.

MAÎTRE TAILLEUR. Attendez. Cela ne va pas comme cela. J'ai amené des gens pour vous habiller en cadence, et ces sortes d'habits se mettent avec cérémonie. Holà ! entrez, vous autres. Mettez cet habit à monsieur de la manière que vous 60 faites aux personnes de qualité.
(Quatre garçons tailleurs entrent, dont deux lui arrachent le haut-de-chausses de ses exercices, et deux autres la camisole, puis ils lui mettent son habit neuf ; et M. Jourdain se promène entre eux et leur montre son habit pour voir s'il est bien. Le 65 *tout à la cadence de toute la symphonie[1].)*

GARÇON TAILLEUR. Mon gentilhomme, donnez, s'il vous plaît, aux garçons quelque chose pour boire[2].

MONSIEUR JOURDAIN. Comment m'appelez-vous ?

GARÇON TAILLEUR. Mon gentilhomme.

70 MONSIEUR JOURDAIN. « Mon gentilhomme ! » Voilà ce que c'est de se mettre en personne de qualité ! Allez-vous-en demeurer toujours habillé en bourgeois, on ne vous dira point : « Mon gentilhomme[3]. » *(Donnant de l'argent.)* Tenez, voilà pour « Mon gentilhomme ».

75 GARÇON TAILLEUR. Monseigneur[4], nous vous sommes bien obligés.

----

1. **Symphonie :** ensemble d'instruments.
2. **Quelque chose pour boire :** de l'argent, un « pourboire ».
3. **Mon gentilhomme :** le gentilhomme est le noble « de race », par opposition à celui dont la noblesse a été achetée.
4. **Monseigneur :** titre donné aux personnes de haute noblesse.

MONSIEUR JOURDAIN. « Monseigneur ! » Oh ! oh ! « Monseigneur ! » Attendez, mon ami. « Monseigneur » mérite quelque chose, et ce n'est pas une petite parole que
80 « Monseigneur ». Tenez, voilà ce que Monseigneur vous donne.

GARÇON TAILLEUR. Monseigneur, nous allons boire tous à la santé de Votre Grandeur[1].

MONSIEUR JOURDAIN. « Votre Grandeur ! » Oh ! oh ! oh !
85 Attendez, ne vous en allez pas. À moi « Votre Grandeur » ! *(Bas, à part.)* Ma foi, s'il va jusqu'à l'Altesse[2], il aura toute la bourse. *(Haut.)* Tenez, voilà pour ma Grandeur.

GARÇON TAILLEUR. Monseigneur, nous la remercions très humblement de ses libéralités.

90 MONSIEUR JOURDAIN. Il a bien fait, je lui allais tout donner. *(Les quatre garçons tailleurs se réjouissent par une danse qui fait le deuxième intermède.)*

---

1. **Votre Grandeur :** titre réservé aux évêques et aux grands seigneurs.
2. **Altesse :** titre réservé aux princes.

REPÈRES

• L'arrivée du tailleur est préparée par un effet de contraste avec la fin de la scène précédente : lequel ?
• Cette scène voit M. Jourdain « habillé de neuf » : comment apparaît le personnage au moment où l'action va enfin commencer ?
• La scène s'enchaîne-t-elle avec le ballet ? Par quel procédé ?

OBSERVATION

• Examinez les propos du maître tailleur (l. 9-18) : quel procédé emploie-t-il systématiquement pour contrer les reproches de M. Jourdain ?
• Il connaît déjà bien M. Jourdain : quel argument, utilisé sans cesse, tend à le prouver ?
• Le tailleur vante sa marchandise : désignez les deux passages où il déploie une rhétorique publicitaire. Les termes qu'il emploie sont-ils modestes ? Cherchez le sens du mot hyperbole.
• Certaines répliques montrent que M. Jourdain reste un bourgeois soucieux de ménager son argent, et que le tailleur est un commerçant un peu voleur. Dites lesquelles.
• Quel est le caractère du garçon tailleur ? Est-il intelligent ? Étudiez la variation des pronoms personnels. À quoi est-elle due ?

INTERPRÉTATIONS

• Pourquoi M. Jourdain attache-t-il tant d'importance à son habit ? Montrez le rôle du paraître dans cette scène. La mode était-elle essentielle à l'époque ? Par qui était-elle suivie ? Quel autre personnage fait des dépenses pour être à la mode ?
• L'acte se termine sur une vraie cérémonie : comptez le nombre de personnages en scène. Comment est introduit le ballet ?
• Le portrait de M. Jourdain est achevé : reste-t-il nuancé ? Par quels moyens visuels Molière pousse-t-il la caricature à son terme ? Cependant, M. Jourdain se cache-t-il à lui-même qu'il aime être flatté ? Qu'est-ce qui nous révèle qu'il est conscient de ce défaut ?

Un théâtre du mouvement

Le théâtre de Molière est efficace car il n'est pas seulement écrit : à travers les mots il arrive à faire passer nombre d'indications visuelles, les jeux de scène découlent naturellement du texte (voir le commentaire du menuet que danse M. Jourdain). La variété est le premier atout de l'acte II : on passe de scènes très agitées à des moments de calme (scène 3, scène 4), d'un grand nombre de personnages à un dialogue. En introduisant les maîtres, Molière varie les sujets abordés : et l'on rit de tous les pédants, qu'ils soient sportifs, intellectuels ou artistes. Entrées et sorties sont ménagées de façon à faire rebondir l'action : l'amabilité de M. Jourdain envers son tailleur contraste avec sa colère. L'arrivée du maître d'armes en revanche est brutale : elle correspond à son art. Le maître de philosophie est ardemment réclamé avant d'être rossé.

Un personnage mieux connu

Les deux premiers actes ont servi essentiellement à faire le portrait de M. Jourdain. À ce moment de la pièce on sait tout de son caractère : on a pu mesurer sa vanité, mais aussi sa spontanéité. On connaît son humeur joyeuse, sa prodigalité tempérée par des moments d'avarice. On a même fait le tour de ses connaissances et de ses aptitudes physiques. Dans la suite de la pièce il est confronté à son univers social : mais dès à présent on imagine que sa cour à la marquise Dorimène sera ridicule.

La critique des gens rationnels

M. Jourdain porte naïvement ses défauts : il est facile à caricaturer. Mais Molière utilise ce personnage pour faire aussi la satire des autres. Les quatre maîtres, contrairement au bourgeois, se réclament de la raison. Et pourtant ils sont sans logique. Ils jugent M. Jourdain, mais sont incapables de dominer leurs passions (voir le maître de philosophie). Ils sont instruits, mais bourrés d'idées préconçues (les bergers, la vertu) que le bon sens de M. Jourdain met en pièces. Leur savoir est souvent creux : Molière se moque des spécialistes, des étroits. Ils sont avant tout en contradiction avec eux-mêmes : ils sont de mauvaise foi et intolérants.

ACTE III

Scène première. Monsieur Jourdain, deux laquais.

Monsieur Jourdain. Suivez-moi, que j'aille un peu montrer mon habit par la ville ; et surtout ayez soin tous deux de marcher immédiatement sur mes pas, afin qu'on voie bien que vous êtes à moi.

5 Laquais. Oui, monsieur.

Monsieur Jourdain. Appelez-moi Nicole, que je lui donne quelques ordres. Ne bougez, la voilà.

Scène 2. Nicole, Monsieur Jourdain, deux laquais.

Monsieur Jourdain. Nicole !

Nicole. Plaît-il ?

Monsieur Jourdain. Écoutez.

Nicole. Hi, hi, hi, hi, hi !

5 Monsieur Jourdain. Qu'as-tu à rire ?

Nicole. Hi, hi, hi, hi, hi, hi !

Monsieur Jourdain. Que veut dire cette coquine-là ?

NICOLE. Hi, hi, hi ! Comme vous voilà bâti[1] ! Hi, hi, hi !

MONSIEUR JOURDAIN. Comment donc ?

10 NICOLE. Ah ! ah ! mon Dieu ! Hi, hi, hi, hi, hi !

MONSIEUR JOURDAIN. Quelle friponne est-ce là ? Te moques-tu de moi ?

NICOLE. Nenni[2], monsieur, j'en serais bien fâchée. Hi, hi, hi, hi, hi, hi !

15 MONSIEUR JOURDAIN. Je te baillerai[3] sur le nez, si tu ris davantage.

NICOLE. Monsieur, je ne puis pas m'en empêcher. Hi, hi, hi, hi, hi, hi !

MONSIEUR JOURDAIN. Tu ne t'arrêteras pas ?

20 NICOLE. Monsieur, je vous demande pardon ; mais vous êtes si plaisant que je ne saurais me tenir[4] de rire. Hi, hi, hi !

MONSIEUR JOURDAIN. Mais voyez quelle insolence !

NICOLE. Vous êtes tout à fait drôle comme cela. Hi, hi !

MONSIEUR JOURDAIN. Je te...

25 NICOLE. Je vous prie de m'excuser. Hi, hi, hi, hi !

MONSIEUR JOURDAIN. Tiens, si tu ris encore le moins du monde, je te jure que je t'appliquerai sur la joue le plus grand soufflet qui se soit jamais donné.

NICOLE. Hé bien, monsieur, voilà qui est fait, je ne rirai
30 plus.

----

1. **Bâti** : mal habillé. Au sens propre, bâti signifie « cousu à gros points ».
2. **Nenni** : non.
3. **Baillerai** : donnerai (des coups).
4. **Me tenir** : me retenir.

MONSIEUR JOURDAIN. Prends-y bien garde. Il faut que pour tantôt tu nettoies...

NICOLE. Hi, hi !

MONSIEUR JOURDAIN. Que tu nettoies comme il faut...

35 NICOLE. Hi, hi !

MONSIEUR JOURDAIN. Il faut, dis-je, que tu nettoies la salle, et...

NICOLE. Hi, hi !

MONSIEUR JOURDAIN. Encore ?

40 NICOLE, *tombant à force de rire*. Tenez, monsieur, battez-moi plutôt, et me laissez rire tout mon soûl, cela me fera plus de bien. Hi, hi, hi, hi, hi !

MONSIEUR JOURDAIN. J'enrage !

NICOLE. De grâce, monsieur, je vous prie de me laisser rire. 45 Hi, hi, hi !

MONSIEUR JOURDAIN. Si je te prends...

NICOLE. Monsieur... eur, je crèverai... ai, si je ne ris. Hi, hi, hi !

MONSIEUR JOURDAIN. Mais a-t-on jamais vu une 50 pendarde[1] comme celle-là, qui me vient rire insolemment au nez, au lieu de recevoir mes ordres ?

NICOLE. Que voulez-vous que je fasse, monsieur ?

MONSIEUR JOURDAIN. Que tu songes, coquine, à préparer ma maison pour la compagnie[2] qui doit venir tantôt.

---

1. **Pendarde :** insolente, friponne (injure).
2. **Compagnie :** groupe de personnes invitées.

55 NICOLE, *se relevant*. Ah ! par ma foi, je n'ai plus envie de rire ; et toutes vos compagnies font tant de désordre céans que ce mot est assez pour me mettre en mauvaise humeur.

MONSIEUR JOURDAIN. Ne dois-je point pour toi fermer ma porte à tout le monde ?

60 NICOLE. Vous devriez au moins la fermer à certaines gens.

SCÈNE 3. MADAME JOURDAIN, MONSIEUR JOURDAIN, NICOLE, DEUX LAQUAIS.

MADAME JOURDAIN. Ah ! ah ! voici une nouvelle histoire. Qu'est-ce que c'est donc, mon mari, que cet équipage-là ? Vous moquez-vous du monde de vous être fait enharnacher[1] de la sorte ? et avez-vous envie qu'on se raille[2] partout de
5 vous ?

MONSIEUR JOURDAIN. Il n'y a que des sots et des sottes, ma femme, qui se railleront de moi.

MADAME JOURDAIN. Vraiment, on n'a pas attendu jusqu'à cette heure, et il y a longtemps que vos façons de faire
10 donnent à rire à tout le monde.

MONSIEUR JOURDAIN. Qui est donc tout ce monde-là, s'il vous plaît ?

MADAME JOURDAIN. Tout ce monde-là est un monde qui a raison et qui est plus sage que vous. Pour moi, je suis
15 scandalisée de la vie que vous menez. Je ne sais plus ce que

----

1. **Enharnacher** : parer de manière excessive et ridicule (terme utilisé pour les chevaux).
2. **Se raille** : se moque.

c'est que notre maison. On dirait qu'il est céans carême-prenant[1] tous les jours ; et dès le matin, de peur d'y manquer, on y entend des vacarmes de violons ou de chanteurs dont tout le voisinage se trouve incommodé.

20 NICOLE. Madame parle bien. Je ne saurais plus voir mon ménage propre avec cet attirail de gens que vous faites venir chez vous. Ils ont des pieds qui vont chercher de la boue dans tous les quartiers de la ville pour l'apporter ici ; et la pauvre Françoise est presque sur les dents à frotter les planchers que
25 vos biaux maîtres viennent crotter régulièrement tous les jours.

MONSIEUR JOURDAIN. Ouais, notre servante Nicole, vous avez le caquet bien affilé[2] pour une paysanne.

MADAME JOURDAIN. Nicole a raison, et son sens[3] est
30 meilleur que le vôtre. Je voudrais bien savoir ce que vous pensez faire d'un maître à danser, à l'âge que vous avez ?

NICOLE. Et d'un grand maître tireur d'armes qui vient, avec ses battements de pieds, ébranler toute la maison, et nous déraciner tous les carriaux de notre salle.

35 MONSIEUR JOURDAIN. Taisez-vous, ma servante et ma femme.

MADAME JOURDAIN. Est-ce que vous voulez apprendre à danser pour quand vous n'aurez plus de jambes ?

NICOLE. Est-ce que vous avez envie de tuer quelqu'un ?

40 MONSIEUR JOURDAIN. Taisez-vous, vous dis-je ; vous êtes

---

1. **Carême-prenant** : les trois jours de Carnaval (dont Mardi gras) qui précèdent le carême. On faisait la fête avant le jeûne, qui commence au mercredi des Cendres et finit à Pâques.
2. **Le caquet bien affilé** : la langue bien pendue. **Caquet** : bavardage hors de propos.
3. **Son sens** : sa raison. Son « bon » sens.

M. Jourdain « enharnaché »,
dans la mise en scène de Jérôme Savary.

des ignorantes l'une et l'autre, et vous ne savez pas les prérogatives[1] de tout cela.

MADAME JOURDAIN. Vous devriez bien plutôt songer à marier votre fille, qui est en âge d'être pourvue[2].

---

1. **Prérogatives** : privilèges. Le mot n'est pas juste. Monsieur Jourdain, qui a des problèmes de vocabulaire, l'emploie pour dire avantages.
2. **Pourvue** : mariée, dotée.

45 MONSIEUR JOURDAIN. Je songerai à marier ma fille quand il se présentera un parti pour elle ; mais je veux songer aussi à apprendre les belles choses.

NICOLE. J'ai encore ouï dire, madame, qu'il a pris aujourd'hui, pour renfort de potage, un maître de 50 philosophie.

MONSIEUR JOURDAIN. Fort bien. Je veux avoir de l'esprit, et savoir raisonner des choses parmi les honnêtes gens.

MADAME JOURDAIN. N'irez-vous point l'un de ces jours au collège vous faire donner le fouet, à votre âge ?

55 MONSIEUR JOURDAIN. Pourquoi non ? Plût à Dieu l'avoir tout à l'heure[1], le fouet, devant tout le monde, et savoir ce qu'on apprend au collège.

NICOLE. Oui, ma foi, cela vous rendrait la jambe bien mieux faite[2].

60 MONSIEUR JOURDAIN. Sans doute.

MADAME JOURDAIN. Tout cela est fort nécessaire pour conduire votre maison.

MONSIEUR JOURDAIN. Assurément. Vous parlez toutes deux comme des bêtes, et j'ai honte de votre ignorance. *(À* 65 *Madame Jourdain.)* Par exemple, savez-vous, vous, ce que c'est que vous dites à cette heure ?

MADAME JOURDAIN. Oui, je sais que ce que je dis est fort bien dit et que vous devriez songer à vivre d'autre sorte.

MONSIEUR JOURDAIN. Je ne parle pas de cela. Je vous 70 demande ce que c'est que les paroles que vous dites ici.

----

1. **Tout à l'heure :** tout de suite.
2. **Cela... bien mieux faite :** cela vous ferait une belle jambe.

MADAME JOURDAIN. Ce sont des paroles bien sensées, et votre conduite ne l'est guère.

MONSIEUR JOURDAIN. Je ne parle pas de cela, vous dis-je. Je vous demande, ce que je parle avec vous, ce que je vous
75 dis à cette heure, qu'est-ce que c'est ?

MADAME JOURDAIN. Des chansons[1].

MONSIEUR JOURDAIN. Hé non, ce n'est pas cela. Ce que nous disons tous deux, le langage que nous parlons à cette heure ?

80 MADAME JOURDAIN. Hé bien ?

MONSIEUR JOURDAIN. Comment est-ce que cela s'appelle ?

MADAME JOURDAIN. Cela s'appelle comme on veut l'appeler.

MONSIEUR JOURDAIN. C'est de la prose, ignorante.

85 MADAME JOURDAIN. De la prose ?

MONSIEUR JOURDAIN. Oui, de la prose. Tout ce qui est prose n'est point vers ; et tout ce qui n'est point vers n'est point prose[2]. Heu ! voilà ce que c'est d'étudier. *(À Nicole.)* Et toi, sais-tu bien comment il faut faire pour dire un U ?

90 NICOLE. Comment ?

MONSIEUR JOURDAIN. Oui. Qu'est-ce que tu fais quand tu dis un U ?

NICOLE. Quoi ?

MONSIEUR JOURDAIN. Dis un peu U, pour voir.

----

1. **Chansons :** propos sans intérêt, sornettes.
2. Monsieur Jourdain s'empêtre dans les négations.

95 NICOLE. Hé bien, U.

MONSIEUR JOURDAIN. Qu'est-ce que tu fais ?

NICOLE. Je dis U.

MONSIEUR JOURDAIN. Oui ; mais, quand tu dis U, qu'est-ce que tu fais ?

100 NICOLE. Je fais ce que vous me dites.

MONSIEUR JOURDAIN. Ô l'étrange chose que d'avoir affaire à des bêtes ! Tu allonges les lèvres en dehors, et approches la mâchoire d'en haut de celle d'en bas : U, vois-tu ? Je fais la moue : U.

105 NICOLE. Oui, cela est biau.

MADAME JOURDAIN. Voilà qui est admirable.

MONSIEUR JOURDAIN. C'est bien autre chose, si vous aviez vu O, et DA, DA, et FA, FA.

MADAME JOURDAIN. Qu'est-ce que c'est donc que tout ce 110 galimatias [1]-là ?

NICOLE. De quoi est-ce que tout cela guérit ?

MONSIEUR JOURDAIN. J'enrage quand je vois des femmes ignorantes.

MADAME JOURDAIN. Allez, vous devriez envoyer promener 115 tous ces gens-là avec leurs fariboles [2].

NICOLE. Et surtout ce grand escogriffe [3] de maître d'armes, qui remplit de poudre [4] tout mon ménage.

---

1. **Galimatias** : discours embrouillé.
2. **Fariboles** : propos frivoles, idées sans consistance.
3. **Escogriffe** : homme grand, d'allure dégingandée, mal bâti.
4. **Poudre** : poussière.

MONSIEUR JOURDAIN. Ouais ! ce maître d'armes vous tient fort au cœur. Je te veux faire voir ton impertinence tout à
120 l'heure. *(Il fait apporter les fleurets et en donne un à Nicole.)* Tiens. Raison démonstrative. La ligne du corps. Quand on pousse en quarte, on n'a qu'à faire cela ; et quand on pousse en tierce, on n'a qu'à faire cela. Voilà le moyen de n'être jamais tué ; et cela n'est-il pas beau d'être assuré de son fait
125 quand on se bat contre quelqu'un ? Là, pousse-moi un peu pour voir.

NICOLE. Hé bien, quoi ? *(Nicole lui pousse plusieurs coups.)*

MONSIEUR JOURDAIN. Tout beau ! Holà ! oh ! doucement Diantre soit la coquine !

130 NICOLE. Vous me dites de pousser.

MONSIEUR JOURDAIN. Oui ; mais tu me pousses en tierce avant que de pousser en quarte, et tu n'as pas la patience que je pare.

MADAME JOURDAIN. Vous êtes fou, mon mari, avec toutes
135 vos fantaisies, et cela vous est venu depuis que vous vous mêlez de hanter[1] la noblesse.

MONSIEUR JOURDAIN. Lorsque je hante la noblesse, je fais paraître mon jugement[2] : et cela est plus beau que de hanter votre bourgeoisie.

140 MADAME JOURDAIN. Çamon[3] vraiment ! Il y a fort à gagner à fréquenter vos nobles, et vous avez bien opéré[4] avec ce beau monsieur le comte dont vous vous êtes embéguiné[5]...

----

1. **Hanter** : fréquenter (sens disparu).
2. **Jugement** : faculté de raisonner, intelligence.
3. **Çamon** : expression populaire qui renforce « vraiment » (ah oui certainement).
4. **Vous avez bien opéré** : observation ironique. On dirait aujourd'hui : « Vous avez fait une bonne opération... »
5. **Embéguiné** : entiché, pris de passion soudainement.

MONSIEUR JOURDAIN. Paix ! Songez à ce que vous dites. Savez-vous bien, ma femme, que vous ne savez pas de qui
145 vous parlez, quand vous parlez de lui ? C'est une personne d'importance plus que vous ne pensez ; un seigneur que l'on considère à la cour, et qui parle au roi tout comme je vous parle. N'est-ce pas une chose qui m'est tout à fait honorable que l'on voie venir chez moi si souvent une personne de cette
150 qualité qui m'appelle son cher ami et me traite comme si j'étais son égal ? Il a pour moi des bontés qu'on ne devinerait jamais ; et, devant tout le monde, il me fait des caresses[1] dont je suis moi-même confus.

MADAME JOURDAIN. Oui, il a des bontés pour vous et vous
155 fait des caresses, mais il vous emprunte votre argent.

MONSIEUR JOURDAIN. Hé bien ! ne m'est-ce pas de l'honneur de prêter de l'argent à un homme de cette condition-là ? Et puis-je faire moins pour un seigneur qui m'appelle son cher ami ?

160 MADAME JOURDAIN. Et ce seigneur, que fait-il pour vous ?

MONSIEUR JOURDAIN. Des choses dont on serait étonné si on les savait.

MADAME JOURDAIN. Et quoi ?

MONSIEUR JOURDAIN. Baste[2], je ne puis pas m'expliquer.
165 Il suffit que, si je lui ai prêté de l'argent, il me le rendra bien, et avant qu'il soit peu.

MADAME JOURDAIN. Oui. Attendez-vous à cela.

MONSIEUR JOURDAIN. Assurément. Ne me l'a-t-il pas dit ?

----

1. **Caresses :** flatteries, gentillesses.
2. **Baste :** cela suffit (de l'italien *basta*).

MADAME JOURDAIN. Oui, oui, il ne manquera pas d'y
170 faillir[1].

MONSIEUR JOURDAIN. Il m'a juré sa foi de gentilhomme.

MADAME JOURDAIN. Chansons !

MONSIEUR JOURDAIN. Ouais ! vous êtes bien obstinée, ma
femme ; je vous dis qu'il me tiendra parole, j'en suis sûr.

175 MADAME JOURDAIN. Et moi, je suis sûre que non, et que
toutes les caresses qu'il vous fait ne sont que pour vous
enjôler.

MONSIEUR JOURDAIN. Taisez-vous. Le voici.

MADAME JOURDAIN. Il ne nous faut plus que cela. Il vient
180 peut-être encore vous faire quelque emprunt ; et il me semble
que j'ai dîné, quand je le vois[2].

MONSIEUR JOURDAIN. Taisez-vous, vous dis-je.

---

1. **Faillir :** manquer à un devoir, ne pas tenir ses engagements.
2. **Il me ... vois :** sa vue me coupe l'appétit.

REPÈRES

• Que montre la scène 1 ?
• Où en sommes-nous de l'intrigue? Quels nouveaux personnages apparaissent ? Que nous apprennent-ils ?
• Quel épisode repris et caricaturé fait le lien entre l'acte II et l'acte III ?
• Précisez le contenu des différentes parties de la scène 3.

OBSERVATION

• Étudiez le contraste entre l'arrivée de Nicole et celle de M. Jourdain : que révèle-t-il sur leur caractère ? Sur leurs intérêts ?
• Le rire de Nicole a-t-il une fonction comique ? Pensez au contraste avec la cérémonie du tailleur. Pour quelle raison M. Jourdain est-il ridicule quand il apprend l'escrime à Nicole ?
• Comment Molière dispose-t-il le discours de la maîtresse et celui de la servante ? Observez la succession des répliques, et le vocabulaire employé par chacune des deux femmes ?
• Quel est l'intérêt de juxtaposer la scène des laquais et la scène de Nicole ? M. Jourdain exerce-t-il une grande autorité sur Nicole ?
• L'intérieur du bourgeois est-il conforme à ses aspirations ? Commentez la réplique « *Taisez-vous, ma servante et ma femme* ».
• Pourquoi M. Jourdain ne peut-il pas s'expliquer (l. 164) ?
• M. Jourdain évoque la « *foi de gentilhomme* » de Dorante (l. 171). Pourquoi s'y fie-t-il ? Molière épargne-t-il les aristocrates ici ?

INTERPRÉTATIONS82-95

• Étudiez les niveaux de langage : celui de Nicole, celui de Mᵐᵉ Jourdain, celui de M. Jourdain. Pourquoi Molière joue-t-il avec cela ?
• L'arrivée de Dorante a été longuement préparée. Dites l'effet produit. Pensez à Tartuffe. Dorante est-il un hypocrite lui aussi ?
• Dans la scène 3 apparaît le personnage raisonnable (Mᵐᵉ Jourdain). Comparez-la à d'autres personnages du même type (dans *Le Misanthrope*, dans *Les Femmes savantes*). Molière est-il d'un côté plutôt que de l'autre ? Peut-on le savoir ?

Scène 4. Dorante, Monsieur Jourdain, Madame Jourdain, Nicole.

Dorante. Mon cher ami, monsieur Jourdain[1], comment vous portez-vous ?

Monsieur Jourdain. Fort bien, monsieur, pour vous rendre mes petits services.

5 Dorante. Et madame Jourdain que voilà, comment se porte-t-elle ?

Madame Jourdain. Madame Jourdain se porte comme elle peut.

Dorante. Comment ! monsieur Jourdain, vous voilà le
10 plus propre[2] du monde !

Monsieur Jourdain. Vous voyez.

Dorante. Vous avez tout à fait bon air avec cet habit, et nous n'avons point de jeunes gens à la cour qui soient mieux faits que vous.

15 Monsieur Jourdain. Hai ! Hai !

Madame Jourdain, *à part*. Il le gratte par où il se démange.

Dorante. Tournez-vous. Cela est tout à fait galant.

Madame Jourdain, *à part*. Oui, aussi sot par-derrière que
20 par-devant.

Dorante. Ma foi, monsieur Jourdain, j'avais une

---

1. **Monsieur Jourdain** : aux gens de qualité on dit « monsieur » tout court. Dorante montre ainsi qu'il a peu de considération pour monsieur Jourdain, qui ne s'en aperçoit pas car il ne connaît pas les usages.
2. **Propre** : bien arrangé, élégant.

impatience étrange[1] de vous voir. Vous êtes l'homme du monde que j'estime le plus, et je parlais de vous encore ce matin dans la chambre du roi.

25 MONSIEUR JOURDAIN. Vous me faites beaucoup d'honneur, monsieur. *(À Mme Jourdain.)* Dans la chambre du roi !

DORANTE. Allons, mettez[2]...

MONSIEUR JOURDAIN. Monsieur, je sais le respect que je vous dois.

30 DORANTE. Mon Dieu, mettez ; point de cérémonie entre nous, je vous prie.

MONSIEUR JOURDAIN. Monsieur...

DORANTE. Mettez, vous dis-je, monsieur Jourdain ; vous êtes mon ami.

35 MONSIEUR JOURDAIN. Monsieur, je suis votre serviteur.

DORANTE. Je ne me couvrirai[3] point, si vous ne vous couvrez.

MONSIEUR JOURDAIN, *se couvrant.* J'aime mieux être incivil qu'importun[4].

40 DORANTE. Je suis votre débiteur[5], comme vous le savez.

MADAME JOURDAIN, *à part.* Oui, nous ne le savons que trop.

---

1. **Étrange** : extrêmement forte.
2. **Mettez** : mettez votre chapeau. On quitte son chapeau pour saluer et en signe de respect devant un supérieur.
3. **Me couvrirai** : mettrai mon chapeau.
4. **J'aime mieux ... importun** : j'aime mieux être impoli qu'agaçant (par d'infinies politesses). Formule très banale.
5. **Débiteur** : celui qui doit de l'argent.

DORANTE. Vous m'avez généreusement prêté de l'argent en plusieurs occasions, et vous m'avez obligé de la meilleure 45 grâce du monde, assurément.

MONSIEUR JOURDAIN. Monsieur, vous vous moquez.

DORANTE. Mais je sais rendre ce qu'on me prête, et reconnaître les plaisirs qu'on me fait.

MONSIEUR JOURDAIN. Je n'en doute point, monsieur.

50 DORANTE. Je veux sortir d'affaire¹ avec vous, et je viens ici pour faire nos comptes ensemble.

MONSIEUR JOURDAIN, *bas à Mme Jourdain*. Hé bien ! vous voyez votre impertinence, ma femme.

DORANTE. Je suis homme qui aime à m'acquitter le plus tôt 55 que je puis.

MONSIEUR JOURDAIN, *bas à Mme Jourdain*. Je vous le disais bien.

DORANTE. Voyons un peu ce que je vous dois.

MONSIEUR JOURDAIN, *bas à Mme Jourdain*. Vous voilà, avec 60 vos soupçons ridicules.

DORANTE. Vous souvenez-vous bien de tout l'argent que vous m'avez prêté ?

MONSIEUR JOURDAIN. Je crois que oui. J'en ai fait un petit mémoire. Le voici. Donné à vous une fois deux cents louis².

65 DORANTE. Cela est vrai.

MONSIEUR JOURDAIN. Une autre fois, six-vingts³.

----

1. **Sortir d'affaire** : ne plus avoir d'affaire d'argent à régler.
2. **Louis** : pièce d'or qui valait onze livres.
3. **Six-vingts** : six fois vingt, cent vingt. Ancienne façon de compter.

DORANTE. Oui.

MONSIEUR JOURDAIN. Et une fois, cent quarante.

DORANTE. Vous avez raison.

70 MONSIEUR JOURDAIN. Ces trois articles font quatre cent soixante louis, qui valent cinq mille soixante livres[1].

DORANTE. Le compte est fort bon. Cinq mille soixante livres.

MONSIEUR JOURDAIN. Mille huit cent trente-deux livres à 75 votre plumassier[2].

DORANTE. Justement.

MONSIEUR JOURDAIN. Deux mille sept cent quatre-vingts livres à votre tailleur.

DORANTE. Il est vrai.

80 MONSIEUR JOURDAIN. Quatre mille trois cent septante-neuf livres douze sols huit deniers[3] à votre marchand[4].

DORANTE. Fort bien. Douze sols huit deniers ; le compte est juste.

MONSIEUR JOURDAIN. Et mille sept cent quarante-huit 85 livres sept sols quatre deniers à votre sellier[5].

DORANTE. Tout cela est véritable. Qu'est-ce que cela fait ?

----

1. **Livre :** équivalent du franc.
2. **Plumassier :** marchand d'ornements en plumes, notamment pour les chapeaux.
3. **Douze sols huit deniers :** il y a vingt sols (sous) dans un franc, et douze deniers dans un sou.
4. **Marchand :** de drap, probablement.
5. **Sellier :** marchand d'objets en cuir, en particulier tout ce qui a trait au cheval.

MONSIEUR JOURDAIN. Somme totale, quinze mille huit cents livres.

DORANTE. Somme totale est juste : quinze mille huit cents
90 livres. Mettez encore deux cents pistoles que vous m'allez donner, cela fera justement dix-huit mille francs, que je vous payerai au premier jour.

MADAME JOURDAIN, *bas à M. Jourdain.* Hé bien, ne l'avais-je pas bien deviné ?

95 MONSIEUR JOURDAIN, *bas à Mme Jourdain.* Paix !

DORANTE. Cela vous incommodera-t-il de me donner ce que je vous dis ?

MONSIEUR JOURDAIN. Eh, non !

MADAME JOURDAIN, *bas à M. Jourdain.* Cet homme-là fait
100 de vous une vache à lait.

MONSIEUR JOURDAIN, *bas à Mme Jourdain.* Taisez-vous !

DORANTE. Si cela vous incommode, j'en[1] irai chercher ailleurs.

MONSIEUR JOURDAIN. Non, monsieur.

105 MADAME JOURDAIN, *bas à M. Jourdain.* Il ne sera pas content qu'il ne vous ait ruiné.

MONSIEUR JOURDAIN, *bas à Mme Jourdain.* Taisez-vous, vous dis-je.

DORANTE. Vous n'avez qu'à me dire si cela vous
110 embarrasse.

MONSIEUR JOURDAIN. Point, monsieur.

----

1. **En :** de l'argent.

MADAME JOURDAIN, *bas à M. Jourdain.* C'est un vrai enjôleux[1].

MONSIEUR JOURDAIN, *bas à Mme Jourdain.* Taisez-vous
115 donc.

MADAME JOURDAIN, *bas à M. Jourdain.* Il vous sucera jusqu'au dernier sou.

MONSIEUR JOURDAIN, *bas à Mme Jourdain.* Vous tairez-vous ?

120 DORANTE. J'ai force gens qui m'en prêteraient avec joie ; mais, comme vous êtes mon meilleur ami, j'ai cru que je vous ferais tort si j'en demandais à quelque autre.

MONSIEUR JOURDAIN. C'est trop d'honneur, monsieur, que vous me faites. Je vais quérir[2] votre affaire.

125 MADAME JOURDAIN, *bas à M. Jourdain.* Quoi ! vous allez encore lui donner cela ?

MONSIEUR JOURDAIN, *bas à Mme Jourdain.* Que faire ? Voulez-vous que je refuse un homme de cette condition-là, qui a parlé de moi ce matin dans la chambre du roi ?

130 MADAME JOURDAIN, *bas à M. Jourdain.* Allez, vous êtes une vraie dupe.

----

1. **Enjôleux** : qui trompe par des paroles flatteuses. Forme populaire d'enjôleur.
2. **Quérir** : chercher.

Scène 5. Dorante, Madame Jourdain, Nicole.

DORANTE. Vous me semblez toute mélancolique[1]. Qu'avez-vous, madame Jourdain ?

MADAME JOURDAIN. J'ai la tête plus grosse que le poing, et si[2] elle n'est pas enflée.

5 DORANTE. Mademoiselle votre fille, où est-elle, que je ne la vois point ?

MADAME JOURDAIN. Mademoiselle ma fille est bien où elle est.

DORANTE. Comment se porte-t-elle ?

10 MADAME JOURDAIN. Elle se porte sur ses deux jambes.

DORANTE. Ne voulez-vous point un de ces jours venir voir avec elle le ballet et la comédie que l'on fait chez le roi[3] ?

MADAME JOURDAIN. Oui vraiment, nous avons fort envie de rire, fort envie de rire nous avons.

15 DORANTE. Je pense, madame Jourdain, que vous avez eu bien des amants[4] dans votre jeune âge, belle et d'agréable humeur comme vous étiez.

MADAME JOURDAIN. Tredame[5] ! monsieur, est-ce que madame Jourdain est décrépite, et la tête lui grouille[6]-t-elle 20 déjà ?

----

1. **Mélancolique :** dans une humeur noire, en colère.
2. **Et si :** et pourtant.
3. **Le ballet ... chez le roi :** spectacle réservé aux princes et à quelques privilégiés.
4. **Amants :** amoureux, prétendants. Il ne s'agit pas de relation adultère.
5. **Tredame ! :** Notre-Dame ! Juron populaire.
6. **Grouille :** remue, tremble.

DORANTE. Ah ! ma foi, madame Jourdain, je vous demande pardon. Je ne songeais pas que vous êtes jeune, et je rêve[1] le plus souvent. Je vous prie d'excuser mon impertinence.

SCÈNE 6. MONSIEUR JOURDAIN, MADAME JOURDAIN, DORANTE, NICOLE.

MONSIEUR JOURDAIN, *à Dorante.* Voilà deux cents louis bien comptés.

DORANTE. Je vous assure, monsieur Jourdain, que je suis tout à vous, et que je brûle de vous rendre un service à
5 la cour.

MONSIEUR JOURDAIN. Je vous suis trop obligé.

DORANTE. Si madame Jourdain veut voir le divertissement royal[2], je lui ferai donner les meilleures places de la salle.

MADAME JOURDAIN. Madame Jourdain vous baise les
10 mains[3].

DORANTE, *bas à M. Jourdain.* Notre belle marquise, comme je vous ai mandé[4] par mon billet, viendra tantôt ici pour le ballet et le repas ; et je l'ai fait consentir enfin au cadeau[5] que vous lui voulez donner.

---

1. **Je rêve :** je suis distrait.
2. **Divertissement royal :** pièce de théâtre avec danses et chants (comme *Le Bourgeois gentilhomme*, par exemple).
3. Formule utilisée pour prendre congé, sortir.
4. **Mandé :** fait savoir, annoncé.
5. **Cadeau :** bal, repas fin, concert offerts à des dames.

Repères

• Quel est l'intérêt de faire arriver Dorante à ce moment ?
• Pourquoi Molière le confronte-t-il tout de suite à Mme Jourdain ?
• Repérez et isolez tout ce qui se passe en aparté.

Observation

• Relevez les formules de politesse. Pourquoi Dorante s'écrie-t-il
« *mon cher ami, monsieur Jourdain* » ? Est-ce usuel ? Est-ce poli ?
La réponse de Mme Jourdain est-elle polie ?
• Quelle est la fonction comique des apartés de Mme Jourdain ? Avec
quelle fréquence interviennent-ils ? Pourquoi? Quel rôle joue le dialogue en aparté entre M. et Mme Jourdain ?
• Les flatteries excessives de Dorante. Sont-elles crédibles ?
• Le « *petit mémoire* » de M. Jourdain : que révèle-t-il sur son
caractère, sur sa condition sociale ?
• Voyez par quelle astuce Molière enchaîne les deux scènes pour
laisser Dorante et Mme Jourdain seul à seul.
• Scène 5 : observez les réponses de Mme Jourdain à Dorante : sur
quel ton sont-elles prononcées ? Sont-elles naturelles ?

Interprétations

• Dites quelle est la structure de la scène 4. Quel est l'effet produit
par les deux renversements habiles de Dorante ? Connaissez-vous
une autre pièce où un grand seigneur éconduit un créancier ?
Comparez.
• Quel jeu joue Dorante quand il dit : « *J'en irai chercher
ailleurs* » ? A-t-il réellement l'intention de le faire ? Le mouvement
de balancier qu'il imprime à la scène ne vous fait-il pas penser à
d'autres scènes de l'acte III ? Dites lesquelles et pourquoi.
• Scène 5 : comparez l'ironie populaire de Mme Jourdain et l'ironie
galante de Dorante. Sont-ils dupes l'un de l'autre ? Dorante est-il
réellement en train de complimenter Mme Jourdain ?

15 MONSIEUR JOURDAIN. Tirons-nous[1] un peu plus loin, pour cause.

DORANTE. Il y a huit jours que je ne vous ai vu, et je ne vous ai point mandé de nouvelles du diamant que vous me mîtes entre les mains pour lui en faire présent de votre part :
20 mais c'est que j'ai eu toutes les peines du monde à vaincre son scrupule, et ce n'est que d'aujourd'hui qu'elle s'est résolue à l'accepter.

MONSIEUR JOURDAIN. Comment l'a-t-elle trouvé ?

DORANTE. Merveilleux ; et je me trompe fort, ou la beauté
25 de ce diamant fera pour vous sur son esprit un effet admirable.

MONSIEUR JOURDAIN. Plût au ciel !

MADAME JOURDAIN, *à Nicole*. Quand il est une fois avec lui, il ne peut le quitter.

30 DORANTE. Je lui ai fait valoir comme il faut la richesse de ce présent et la grandeur de votre amour.

MONSIEUR JOURDAIN. Ce sont, monsieur, des bontés qui m'accablent ; et je suis dans une confusion la plus grande du monde de voir une personne de votre qualité s'abaisser pour
35 moi à ce que vous faites.

DORANTE. Vous moquez-vous ? Est-ce qu'entre amis on s'arrête à ces sortes de scrupules ? Et ne feriez-vous pas pour moi la même chose, si l'occasion s'en offrait ?

MONSIEUR JOURDAIN. Oh ! assurément, et de très grand
40 cœur.

MADAME JOURDAIN, *à Nicole*. Que sa présence me pèse sur les épaules !

----

1. **Tirons-nous** : retirons-nous (formule correcte au XVIIᵉ siècle).

DORANTE. Pour moi, je ne regarde rien, quand il faut servir un ami ; et, lorsque vous me fîtes confidence de l'ardeur que
45 vous aviez prise pour cette marquise agréable chez qui j'avais commerce[1], vous vîtes que d'abord je m'offris de moi-même à servir votre amour.

MONSIEUR JOURDAIN. Il est vrai, ce sont des bontés qui me confondent[2].

50 **MADAME JOURDAIN,** *à Nicole.* Est-ce qu'il ne s'en ira point !

NICOLE. Ils se trouvent bien ensemble.

DORANTE. Vous avez pris le bon biais[3] pour toucher son cœur. Les femmes aiment surtout les dépenses qu'on fait pour
55 elles ; et vos fréquentes sérénades, et vos bouquets continuels, ce superbe feu d'artifice qu'elle trouva sur l'eau, le diamant qu'elle a reçu de votre part, et le cadeau que vous lui préparez, tout cela lui parle bien mieux en faveur de votre amour que toutes les paroles que vous auriez pu lui dire vous-
60 même.

MONSIEUR JOURDAIN. Il n'y a point de dépenses que je ne fisse, si par là je pouvais trouver le chemin de son cœur. Une femme de qualité a pour moi des charmes ravissants[4], et c'est un honneur que j'achèterais au prix de toute chose.

65 **MADAME JOURDAIN,** *à Nicole.* Que peuvent-ils tant dire ensemble ? Va-t'en un peu tout doucement prêter l'oreille.

DORANTE. Ce sera tantôt que vous jouirez à votre aise du plaisir de sa vue, et vos yeux auront tout le temps de se satisfaire.

----

1. **Chez qui j'avais commerce :** avec qui j'étais en relation.
2. **Me confondent :** me rendent éperdu de reconnaissance.
3. **Vous avez pris le bon biais :** vous avez bien manœuvré.
4. **Ravissants :** qui portent à un état de bonheur suprême.

70 MONSIEUR JOURDAIN. Pour être en pleine liberté, j'ai fait
en sorte que ma femme ira dîner chez ma sœur, où elle
passera toute l'après-dînée.

DORANTE. Vous avez fait prudemment, et votre femme
aurait pu nous embarrasser. J'ai donné pour vous l'ordre
75 qu'il faut au cuisinier, et à toutes les choses[1] qui sont
nécessaires pour le ballet. Il est de mon invention, et, pourvu
que l'exécution puisse répondre à l'idée, je suis sûr qu'il sera
trouvé...

MONSIEUR JOURDAIN, *s'aperçoit que Nicole écoute, et lui*
80 *donne un soufflet.* Ouais[2] ! vous êtes bien impertinente ! *(À
Dorante.)* Sortons, s'il vous plaît.

SCÈNE 7. MADAME JOURDAIN, NICOLE.

NICOLE. Ma foi, madame, la curiosité m'a coûté quelque
chose ; mais je crois qu'il y a quelque anguille sous roche,
et ils parlent de quelque affaire où ils ne veulent pas que vous
soyez.

5 MADAME JOURDAIN. Ce n'est pas d'aujourd'hui, Nicole,
que j'ai conçu des soupçons de mon mari. Je suis la plus
trompée du monde, ou il y a quelque amour en campagne[3],
et je travaille à découvrir ce que ce peut être. Mais songeons

---

1. **À toutes les choses :** et pour toutes les choses.
2. **Ouais !** : exclamation qui marque l'étonnement. Dorimène aussi le dit
(acte IV, scène 1). Ce n'est pas une expression vulgaire.
3. **Campagne :** période d'action pendant une guerre, combats pour une
conquête.

Repères

• Nous prenons enfin connaissance de la première partie de l'intrigue : de quoi s'agit-il ?
• Comment sont répartis les personnages sur la scène ?

Observation

• Observez la succession des deux premières répliques : sont-elles apparemment sur le même sujet ? Pourquoi est-ce comique ?
• Dorante a-t-il réellement l'intention de rendre de grands services à M. Jourdain ?
• l. 36 : quel effet Dorante attend-il de l'expression « *entre amis* » ? Les nobles sont-ils ordinairement les amis des bourgeois à cette époque ? M. Jourdain est ravi de fréquenter Dorante, mais va-t-il jusqu'à prétendre être son ami ? Revoyez dans la scène 3 la phrase qui montre que cette appellation le touche.
• Relevez les formules de politesse employées par M. Jourdain : sont-elles élégantes, originales ?
• Quelle idée de l'amour M. Jourdain exprime-t-il ici ? En quoi cela renforce-t-il son comportement « nouveau riche » ? Pourquoi Dorante renchérit-il sur cette conception mercantile ?
• Dorante est ici cynique et hypocrite. Mais plaint-on vraiment M. Jourdain dans cette scène ?

Interprétations

• Montrez que nous sommes dans une scène d'exposition, même si elle se trouve au centre de la pièce : M. Joudain n'est-il pas déjà au courant des faits que lui raconte Dorante ?
• Essayez de faire le portrait de Dorante : dites s'il est facile à décrire, si ses opinions sont claires. D'après ce que vous savez de lui par la suite, trouvez-vous ce personnage antipathique ou sympathique ?
• Regardez à quel rythme interviennent les apartés de Mme Jourdain et de Nicole : qu'en déduisez-vous en ce qui concerne la mise en scène ? Cette scène d'« exposition » est-elle vivante ?

à ma fille. Tu sais l'amour que Cléonte a pour elle. C'est un
10 homme qui me revient[1], et je veux aider sa recherche[2], et
lui donner Lucile, si je puis.

NICOLE. En vérité, madame, je suis la plus ravie du monde
de vous voir dans ces sentiments : car, si le maître vous
revient, le valet ne me revient pas moins, et je souhaiterais
15 que notre mariage se pût faire à l'ombre du leur.

MADAME JOURDAIN. Va-t'en lui parler de ma part, et lui
dire que tout à l'heure[3] il me vienne trouver pour faire
ensemble à mon mari la demande de ma fille.

NICOLE. J'y cours, madame, avec joie, et je ne pouvais
20 recevoir une commission plus agréable. *(Seule.)* Je vais, je
pense, bien réjouir les gens.

SCÈNE 8. CLÉONTE, COVIELLE, NICOLE.

NICOLE, *à Cléonte.* Ah ! vous voilà tout à propos. Je suis
ambassadrice de joie, et je viens...

CLÉONTE. Retire-toi, perfide, et ne me viens point amuser
avec tes traîtresses paroles.

5 NICOLE. Est-ce ainsi que vous recevez...

CLÉONTE. Retire-toi, te dis-je, et va-t'en dire de ce pas à ton
infidèle maîtresse qu'elle n'abusera de sa vie le trop simple
Cléonte.

---

1. **Qui me revient** : qui me plaît. On emploie aujourd'hui surtout la négative
(sa figure ne me revient pas).
2. **Recherche** : pour un jeune homme, la cour qu'il fait à une jeune fille.
3. **Tout à l'heure** : tout de suite.

NICOLE. Quel vertigo[1] est-ce donc là ? Mon pauvre
10 Covielle, dis-moi un peu ce que cela veut dire.

COVIELLE. Ton pauvre Covielle, petite scélérate ! Allons,
vite, ôte-toi de mes yeux, vilaine, et me laisse en repos.

NICOLE. Quoi ! tu me viens aussi...

COVIELLE. Ôte-toi de mes yeux, te dis-je, et ne me parle de
15 ta vie.

NICOLE, *à part*. Ouais ! Quelle mouche les a piqués tous
deux ? Allons de cette belle histoire informer ma maîtresse.

SCÈNE 9. CLÉONTE, COVIELLE.

CLÉONTE. Quoi ! traiter un amant de la sorte ? et un amant
le plus fidèle et le plus passionné de tous les amants ?

COVIELLE. C'est une chose épouvantable que ce qu'on nous
fait à tous deux.

5 CLÉONTE. Je fais voir pour une personne toute l'ardeur et
toute la tendresse qu'on peut imaginer ; je n'aime rien au
monde qu'elle, et je n'ai qu'elle dans l'esprit ; elle fait tous
mes soins, tous mes désirs, toute ma joie ; je ne parle que
d'elle, je ne pense qu'à elle, je ne fais des songes que d'elle,
10 je ne respire que par elle, mon cœur vit tout en elle : et voilà
de tant d'amitié[2] la digne récompense ! Je suis deux jours

----

1. **Vertigo** : folie, caprice. Désigne à l'origine une maladie du cheval qui se
traduit par un tournis.
2. **Amitié** : amour, affection.

sans la voir, qui sont pour moi deux siècles effroyables ; je la rencontre par hasard ; mon cœur à cette vue se sent tout transporté, ma joie éclate sur mon visage ; je vole avec
15 ravissement vers elle ; et l'infidèle détourne de moi ses regards et passe brusquement comme si de sa vie elle ne m'avait vu !

COVIELLE. Je dis les mêmes choses que vous.

CLÉONTE. Peut-on rien voir d'égal, Covielle, à cette perfidie de l'ingrate Lucile ?

20 COVIELLE. Et à celle, monsieur, de la pendarde de Nicole ?

CLÉONTE. Après tant de sacrifices ardents, de soupirs et de vœux que j'ai faits à ses charmes !

COVIELLE. Après tant d'assidus hommages, de soins et de services que je lui ai rendus dans sa cuisine !

25 CLÉONTE. Tant de larmes que j'ai versées à ses genoux !

COVIELLE. Tant de seaux d'eau que j'ai tirés au puits pour elle !

CLÉONTE. Tant d'ardeur que j'ai fait paraître à la chérir plus que moi-même !

30 COVIELLE. Tant de chaleur que j'ai soufferte à tourner la broche à sa place !

CLÉONTE. Elle me fuit avec mépris !

COVIELLE. Elle me tourne le dos avec effronterie !

CLÉONTE. C'est une perfidie digne des plus grands
35 châtiments.

COVIELLE. C'est une trahison à mériter mille soufflets.

CLÉONTE. Ne t'avise point, je te prie, de me parler jamais pour elle.

COVIELLE. Moi, monsieur ? Dieu m'en garde !

40 CLÉONTE. Ne viens point m'excuser l'action de cette infidèle.

COVIELLE. N'ayez pas peur.

CLÉONTE. Non, vois-tu, tous tes discours pour la défendre ne serviront à rien.

45 COVIELLE. Qui songe à cela ?

CLÉONTE. Je veux contre elle conserver mon ressentiment et rompre ensemble tout commerce[1].

COVIELLE. J'y consens.

CLÉONTE. Ce monsieur le comte qui va chez elle lui donne 50 peut-être dans la vue ; et son esprit, je le vois bien, se laisse éblouir à la qualité[2]. Mais il me faut, pour mon honneur, prévenir l'éclat[3] de son inconstance. Je veux faire autant de pas qu'elle au changement où je la vois courir et ne lui laisser pas toute la gloire de me quitter.

55 COVIELLE. C'est fort bien dit, et j'entre pour mon compte dans tous vos sentiments.

CLÉONTE. Donne la main[4] à mon dépit, et soutiens ma résolution contre tous les restes d'amour qui me pourraient parler pour elle. Dis-m'en, je t'en conjure, tout le mal que tu 60 pourras. Fais-moi de sa personne une peinture qui me la rende méprisable ; et marque-moi bien, pour m'en dégoûter, tous les défauts que tu peux voir en elle.

---

1. **Rompre ensemble tout commerce** : rompre toute relation entre nous.
2. **Éblouir à la qualité** : tromper, séduire par la condition sociale.
3. **Éclat** : scandale.
4. **Donne la main** : soutiens, donne de la force.

COVIELLE. Elle, monsieur ? Voilà une belle mijaurée[1], une pimpesouée[2] bien bâtie, pour vous donner tant d'amour ! Je
65 ne lui vois rien que de très médiocre, et vous trouverez cent personnes qui seront plus dignes de vous. Premièrement, elle a les yeux petits.

CLÉONTE. Cela est vrai, elle a les yeux petits, mais elle les a pleins de feu, les plus brillants, les plus perçants du monde,
70 les plus touchants qu'on puisse voir.

COVIELLE. Elle a la bouche grande.

CLÉONTE. Oui ; mais on y voit des grâces qu'on ne voit point aux autres bouches ; et cette bouche, en la voyant, inspire des désirs, est la plus attrayante, la plus amoureuse
75 du monde.

COVIELLE. Pour sa taille, elle n'est pas grande.

CLÉONTE. Non ; mais elle est aisée et bien prise.

COVIELLE. Elle affecte une nonchalance dans son parler et dans ses actions.

80 CLÉONTE. Il est vrai ; mais elle a grâce à tout cela, et ses manières sont engageantes, ont je ne sais quel charme à s'insinuer dans les cœurs.

COVIELLE. Pour de l'esprit...

CLÉONTE. Ah ! elle en a, Covielle, du plus fin, du plus
85 délicat.

COVIELLE. Sa conversation...

CLÉONTE. Sa conversation est charmante.

COVIELLE. Elle est toujours sérieuse...

----

1. **Mijaurée** : femme qui a des manières affectées et ridicules.
2. **Pimpesouée** : femme qui se pare pour plaire, aguicheuse (terme disparu).

CLÉONTE. Veux-tu de ces enjouements épanouis, de ces joies
90 toujours ouvertes ? et vois-tu rien de plus impertinent[1] que
des femmes qui rient à tout propos ?

COVIELLE. Mais enfin elle est capricieuse autant que
personne au monde.

CLÉONTE. Oui, elle est capricieuse, j'en demeure d'accord,
95 mais tout sied bien aux belles, on souffre tout des belles.

COVIELLE. Puisque cela va comme cela, je vois bien que vous
avez envie de l'aimer toujours.

CLÉONTE. Moi, j'aimerais mieux mourir ; et je vais la haïr
autant que je l'ai aimée.

100 COVIELLE. Le moyen, si vous la trouvez si parfaite ?

CLÉONTE. C'est en quoi ma vengeance sera plus éclatante,
en quoi je veux faire mieux voir la force de mon cœur, à la
haïr, à la quitter, toute belle, toute pleine d'attraits, toute
aimable que je la trouve. La voici.

----

1. **Impertinent** : déplacé, déraisonnable.

Repères

• Par quel geste est marquée la transition (scènes 6-7) ?
• Molière change de sujet : comment a-t-il préparé la sortie des deux personnages qui ne sont plus en scène ?
• Détaillez ce que ces trois scènes nous apprennent de l'intrigue.

Observation

• « *Je suis la plus trompée du monde, ou...* » (Scène 7, l. 67) : Mme Jourdain veut-elle dire ici que M. Jourdain la trompe ? Quelle image cette tirade donne-t-elle de cette femme? Est-elle faible ?
• L'intrigue amoureuse entre les deux jeunes gens et les deux domestiques apparaît-elle compliquée dans la scène 7 ? Pourquoi Molière introduit-il un revirement dans les scènes suivantes ?
• Étudiez la construction de la scène 8. En vue de quel effet comique Molière l'a-t-il construite ainsi ?
• Observez le parallèle entre le maître et le valet dans la scène 8 et dans le début de la scène 9 : parlent-ils le même langage ? Qu'expriment-ils ? Ont-ils des sentiments différents ?
• Donnez le plan de la scène 9 et énumérez les procédés employés dans chacune des parties : à quel moment Molière change-t-il de procédé ? dans quel but ?
• Étudiez le vocabulaire et la façon de s'exprimer de Cléonte dans la première tirade et la fin de la scène 9. À quelle mode littéraire ces expressions font-elles référence ?

Interprétations

• Le duo maître-valet : pensez à d'autres pièces de Molière où il est au centre de l'action. Quelle image les paroles de Covielle donnent-elles de celles que Cléonte vient de prononcer ? Restons-nous dans un registre élevé ? Nous attendrissons-nous longtemps sur les sentiments de Cléonte ? En quoi réside l'essentiel du comique ?
• Connaissez-vous un auteur du XVIIIe siècle qui a joué lui aussi sur ces dépits amoureux en quatuor (deux maîtres, deux domestiques) ?

SCÈNE 10. CLÉONTE, LUCILE, COVIELLE, NICOLE.

NICOLE, *à Lucile*. Pour moi, j'en ai été toute scandalisée.

LUCILE. Ce ne peut être, Nicole, que ce que je te dis. Mais le voilà.

CLÉONTE, *à Covielle*. Je ne veux pas seulement lui parler.

5 COVIELLE. Je veux vous imiter.

LUCILE. Qu'est-ce donc, Cléonte ? qu'avez-vous ?

NICOLE. Qu'as-tu donc, Covielle ?

LUCILE. Quel chagrin vous possède ?

NICOLE. Quelle mauvaise humeur te tient ?

10 LUCILE. Êtes-vous muet, Cléonte ?

NICOLE. As-tu perdu la parole, Covielle ?

CLÉONTE. Que voilà qui est scélérat !

COVIELLE. Que cela est Judas[1] !

LUCILE. Je vois bien que la rencontre de tantôt a troublé 15 votre esprit.

CLÉONTE, *à Covielle*. Ah ! ah ! on voit ce qu'on a fait.

NICOLE. Notre accueil de ce matin t'a fait prendre la chèvre[2].

COVIELLE, *à Cléonte*. On a deviné l'enclouure[3].

----

1. **Judas :** traître. C'est Judas qui a trahi Jésus.
2. **Prendre la chèvre :** se mettre en colère, s'alarmer.
3. **L'enclouure :** la difficulté. Au sens propre, blessure qu'on fait au pied d'un cheval en le ferrant.

20 LUCILE. N'est-il pas vrai, Cléonte, que c'est là le sujet de votre dépit ?

CLÉONTE. Oui, perfide, ce l'est, puisqu'il faut parler ; et j'ai à vous dire que vous ne triompherez pas comme vous pensez de votre infidélité, que je veux être le premier à rompre avec 25 vous, et que vous n'aurez pas l'avantage de me chasser. J'aurai de la peine sans doute à vaincre l'amour que j'ai pour vous ; cela me causera des chagrins. Je souffrirai un temps ; mais j'en viendrai à bout, et je me percerai plutôt le cœur que d'avoir la faiblesse de retourner à vous.

30 COVIELLE, *à Nicole*. Queussi queumi[1].

LUCILE. Voilà bien du bruit pour un rien. Je veux vous dire, Cléonte, le sujet qui m'a fait ce matin éviter votre abord[2].

CLÉONTE, *voulant s'en aller pour éviter Lucile*. Non, je ne veux rien écouter.

35 NICOLE, *à Covielle*. Je te veux apprendre la cause qui nous a fait passer si vite.

COVIELLE, *voulant aussi s'en aller pour éviter Nicole*. Je ne veux rien entendre...

LUCILE, *suivant Cléonte*. Sachez que ce matin...

40 CLÉONTE, *marchant toujours sans regarder Lucile*. Non, vous dis-je.

NICOLE, *suivant Covielle*. Apprends que...

COVIELLE, *marchant aussi sans regarder Nicole*. Non, traîtresse.

45 LUCILE. Écoutez.

----

1. **Queussi queumi :** ce sera pour lui comme pour moi (expression picarde).
2. **Éviter votre abord :** faire en sorte de ne pas avoir à vous parler.

CLÉONTE. Point d'affaire.

NICOLE. Laisse-moi dire.

COVIELLE. Je suis sourd.

LUCILE. Cléonte !

50 CLÉONTE. Non.

NICOLE. Covielle !

COVIELLE. Point.

LUCILE. Arrêtez.

CLÉONTE. Chansons !

55 NICOLE. Entends-moi.

COVIELLE. Bagatelles !

LUCILE. Un moment.

CLÉONTE. Point du tout.

NICOLE. Un peu de patience.

60 COVIELLE. Tarare[1].

LUCILE. Deux paroles.

CLÉONTE. Non, c'en est fait.

NICOLE. Un mot.

COVIELLE. Plus de commerce.

65 LUCILE, *s'arrêtant*. Hé bien, puisque vous ne voulez pas m'écouter, demeurez dans votre pensée, et faites ce qu'il vous plaira.

---

1. **Tarare :** interjection qui marque le refus (comme « taratata » aujourd'hui).

NICOLE, *s'arrêtant aussi*. Puisque tu fais comme cela, prends-le tout comme tu voudras.

70 CLÉONTE, *se tournant vers Lucile*. Sachons donc le sujet d'un si bel accueil.

LUCILE, *s'en allant à son tour pour éviter Cléonte*. Il ne me plaît plus de le dire.

COVIELLE, *se tournant vers Nicole*. Apprends-nous un peu 75 cette histoire.

NICOLE, *s'en allant aussi pour éviter Covielle*. Je ne veux plus, moi, te l'apprendre.

CLÉONTE, *suivant Lucile*. Dites-moi...

LUCILE, *marchant toujours sans regarder Cléonte*. Non, je 80 ne veux rien dire.

COVIELLE, *suivant Nicole*. Conte-moi...

NICOLE, *marchant aussi sans regarder Covielle*. Non, je ne conte rien.

CLÉONTE. De grâce...

85 LUCILE. Non, vous dis-je.

COVIELLE. Par charité.

NICOLE. Point d'affaire.

CLÉONTE. Je vous en prie.

LUCILE. Laissez-moi.

90 COVIELLE. Je t'en conjure.

NICOLE. Ôte-toi de là.

CLÉONTE. Lucile !

LUCILE. Non.

COVIELLE. Nicole !

95 NICOLE. Point.

CLÉONTE. Au nom des dieux !...

LUCILE. Je ne veux pas.

COVIELLE. Parle-moi.

NICOLE. Point du tout.

100 CLÉONTE. Éclaircissez mes doutes.

LUCILE. Non, je n'en ferai rien.

COVIELLE. Guéris-moi l'esprit.

NICOLE. Non, il ne me plaît pas.

CLÉONTE. Hé bien, puisque vous vous souciez si peu de me
105 tirer de peine et de vous justifier du traitement indigne que
vous avez fait à ma flamme[1], vous me voyez, ingrate, pour
la dernière fois, et je vais loin de vous mourir de douleur et
d'amour.

COVIELLE, *à Nicole*. Et moi, je vais suivre ses pas.

110 LUCILE, *à Cléonte, qui veut sortir*. Cléonte !

NICOLE, *à Covielle, qui veut sortir*. Covielle !

CLÉONTE, *s'arrêtant*. Eh ?

COVIELLE, *s'arrêtant aussi*. Plaît-il ?

LUCILE. Où allez-vous ?

115 CLÉONTE. Où je vous ai dit.

----

1. **Flamme** : amour. Métaphore courante dans tous les textes classiques.

COVIELLE. Nous allons mourir.

LUCILE. Vous allez mourir, Cléonte ?

CLÉONTE. Oui, cruelle, puisque vous le voulez.

LUCILE. Moi, je veux que vous mouriez ?

120 CLÉONTE. Oui, vous le voulez.

LUCILE. Qui vous le dit ?

CLÉONTE, *s'approchant de Lucile*. N'est-ce pas le vouloir que de ne vouloir pas éclaircir mes soupçons ?

LUCILE. Est-ce ma faute ? Et, si vous aviez voulu m'écouter,
125 ne vous aurais-je pas dit que l'aventure dont vous vous plaignez a été causée ce matin par la présence d'une vieille tante qui veut, à toute force, que la seule approche d'un homme déshonore une fille ? qui perpétuellement nous sermonne sur ce chapitre, et nous figure[1] tous les hommes
130 comme des diables qu'il faut fuir ?

NICOLE, *à Covielle*. Voilà le secret de l'affaire.

CLÉONTE. Ne me trompez-vous point, Lucile ?

COVIELLE, *à Nicole*. Ne m'en donnes-tu point à garder[2] ?

LUCILE, *à Cléonte*. Il n'est rien de plus vrai.

135 NICOLE, *à Covielle*. C'est la chose comme elle est.

COVIELLE, *à Cléonte*. Nous rendrons-nous à cela ?

---

1. **Nous figure :** nous représente.
2. **À garder :** à m'en faire accroire, à me tromper.

CLÉONTE. Ah ! Lucile, qu'avec un mot de votre bouche vous savez apaiser de choses dans mon cœur, et que facilement on se laisse persuader aux personnes[1] qu'on aime !

140 COVIELLE. Qu'on est aisément amadoué[2] par ces diantres d'animaux-là !

---

1. **Aux personnes :** par les personnes.
2. **Amadoué :** radouci, séduit.

REPÈRES

• Comment peut-on imaginer scéniquement la transition entre la scène 9 et la scène 10 ? Où sont les personnages sur la scène ? Assiste-t-on à tout le dialogue entre Nicole et Lucile ? Manque-t-il des informations ? Quel avantage Molière a-t-il à procéder ainsi ?
• Cette scène est-elle importante dans l'intrigue ? Le mariage de Cléonte et de Lucile dépend-il seulement de leurs sentiments ?

OBSERVATION

• Le plan de la scène : mettez en valeur le rythme, l'aspect systématique. Quelle est la fonction des deux tirades de Cléonte ? (l. 22-29 et 104-108).
• Imaginez les déplacements des personnages sur la scène.
• Faites le parallèle entre la première tirade de Cléonte et la réplique de Covielle : « *Queussi, queumi* » (l. 30). Pourquoi est-ce comique ?
• Pourquoi est-ce drôle quand Covielle dit « *Nous allons mourir* » (l. 116). Est-ce une décision collective ? Est-il convaincu ?
• Le « *secret de l'affaire* », que l'on apprend à la fin de la scène, est-il important ? Va-t-il jouer un rôle dans la suite de la pièce ?
• « *Facilement on se laisse persuader* » (l. 138-139). Avec quoi cette conclusion fait-elle contraste ? Cléonte est-il sincère ? En quoi est-ce cocasse ? Commentez la dernière réplique de Covielle.

INTERPRÉTATIONS

• Le dépit amoureux : cherchez ce que cela veut dire. Est-ce très sérieux ici ? Cléonte et Covielle sont-ils sincères dans leur volonté de ne plus aimer et de mourir ? Quel est le but sentimental de la scène de dépit ? Quel est son intérêt scénique ?
• Le parallélisme maîtres-valets : relevez les expressions familières chez Covielle et Nicole, élevées et précieuses chez Lucile et Cléonte. Quel est l'effet obtenu ? Quelle image Molière donne-t-il des sentiments humains : son but est-il seulement de ridiculiser les valets ou les grands sentiments ? N'y a-t-il pas un message plus optimiste dans cette similitude des sentiments ?

SCÈNE 11. MADAME JOURDAIN, CLÉONTE, LUCILE, COVIELLE, NICOLE.

MADAME JOURDAIN. Je suis bien aise de vous voir, Cléonte, et vous voilà tout à propos. Mon mari vient, prenez vite votre temps[1] pour lui demander Lucile en mariage.

5 CLÉONTE. Ah ! madame, que cette parole m'est douce et qu'elle flatte mes désirs ! Pouvais-je recevoir un ordre plus charmant, une faveur plus précieuse ?

SCÈNE 12. MONSIEUR JOURDAIN, MADAME JOURDAIN, CLÉONTE, LUCILE, COVIELLE, NICOLE.

CLÉONTE. Monsieur, je n'ai voulu prendre personne pour vous faire une demande que je médite il y a longtemps[2]. Elle me touche assez pour m'en charger moi-même ; et, sans autre détour, je vous dirai que l'honneur d'être votre gendre est 5 une faveur glorieuse que je vous prie de m'accorder.

MONSIEUR JOURDAIN. Avant que de vous rendre réponse, monsieur, je vous prie de me dire si vous êtes gentilhomme.

CLÉONTE. Monsieur, la plupart des gens sur cette question n'hésitent pas beaucoup. On tranche le mot[3] aisément. Ce 10 nom ne fait aucun scrupule à prendre, et l'usage aujourd'hui semble en autoriser le vol. Pour moi, je vous l'avoue, j'ai les sentiments sur cette matière un peu plus délicats. Je trouve

----

1. **Prenez vite votre temps** : exploitez ce moment ; saisissez l'occasion.
2. **Je médite il y a longtemps** : depuis longtemps.
3. **Le mot** : la question.

que toute imposture est indigne d'un honnête homme, et qu'il y a de la lâcheté à déguiser ce que le ciel nous a fait naître,
15 à se parer aux yeux du monde d'un titre dérobé, à se vouloir donner pour ce qu'on n'est pas. Je suis né de parents, sans doute, qui ont tenu des charges honorables[1]. Je me suis acquis dans les armes l'honneur de six ans de services, et je me trouve assez de bien pour tenir dans le monde un rang
20 assez passable ; mais avec tout cela je ne veux point me donner un nom où d'autres en ma place croiraient pouvoir prétendre, et je vous dirai franchement que je ne suis point gentilhomme.

MONSIEUR JOURDAIN. Touchez là[2], monsieur. Ma fille
25 n'est pas pour vous.

CLÉONTE. Comment ?

MONSIEUR JOURDAIN. Vous n'êtes point gentilhomme, vous n'aurez pas ma fille.

MADAME JOURDAIN. Que voulez-vous dire avec votre
30 gentilhomme ? Est-ce que nous sommes, nous autres, de la côte de saint Louis[3] ?

MONSIEUR JOURDAIN. Taisez-vous, ma femme, je vous vois venir.

MADAME JOURDAIN. Descendons-nous tous deux que de
35 bonne bourgeoisie ?

MONSIEUR JOURDAIN. Voilà pas le coup de langue[4] !

----

1. **Tenu des charges honorables** : rempli des fonctions, obtenu des dignités.
2. **Touchez là** : donnez-moi la main. C'est l'expression qu'on emploie pour conclure un marché. Ici, Jourdain joue un tour à Cléonte en employant cette expression pour refuser.
3. **De la côte de saint Louis** : d'ancienne noblesse, celle qui descend de saint Louis. C'est une expression familière.
4. **Coup de langue** : médisance. « Voilà pas » est familier.

MADAME JOURDAIN. Et votre père n'était-il pas marchand aussi bien que le mien ?

MONSIEUR JOURDAIN. Peste soit de la femme ! Elle n'y a
40 jamais manqué. Si votre père a été marchand, tant pis pour lui ; mais, pour le mien, ce sont des malavisés [1] qui disent cela. Tout ce que j'ai à vous dire, moi, c'est que je veux avoir un gendre gentilhomme.

MADAME JOURDAIN. Il faut à votre fille un mari qui lui soit
45 propre [2], et il vaut mieux pour elle un honnête homme riche et bien fait qu'un gentilhomme gueux et mal bâti.

NICOLE. Cela est vrai. Nous avons le fils du gentilhomme de notre village qui est le plus grand malitorne [3] et le plus sot dadais que j'aie jamais vu.

50 MONSIEUR JOURDAIN, *à Nicole.* Taisez-vous, imper-tinente ! Vous vous fourrez toujours dans la conversation. J'ai du bien assez pour ma fille, je n'ai besoin que d'honneur, et je la veux faire marquise.

MADAME JOURDAIN. Marquise !

55 MONSIEUR JOURDAIN. Oui, marquise.

MADAME JOURDAIN. Hélas ! Dieu m'en garde !

MONSIEUR JOURDAIN. C'est une chose que j'ai résolue.

MADAME JOURDAIN. C'est une chose, moi, où je ne consentirai point. Les alliances avec plus grand que soi sont
60 sujettes toujours à de fâcheux inconvénients. Je ne veux point qu'un gendre puisse à ma fille reprocher ses parents, et qu'elle ait des enfants qui aient honte de m'appeler leur

----

1. **Malavisés :** mal informés.
2. **Soit propre :** convienne.
3. **Malitorne :** maladroit, incapable.

Le bourgeois (Jérôme Savary) et sa femme (Nadine Alari)
dans la mise en scène de Jérôme Savary, 1989.

grand'maman. S'il fallait qu'elle me vînt visiter en équipage[1]
de grand'dame, et qu'elle manquât par mégarde à saluer
65 quelqu'un du quartier, on ne manquerait pas aussitôt de dire
cent sottises. « Voyez-vous, dirait-on, cette madame la
marquise qui fait tant la glorieuse[2] ? C'est la fille de
monsieur Jourdain, qui était trop heureuse, étant petite, de
jouer à la madame avec nous : elle n'a pas toujours été si
70 relevée[3] que la voilà ; et ses deux grands-pères vendaient du
drap auprès de la porte Saint-Innocent[4]. Ils ont amassé du
bien à leurs enfants, qu'ils payent maintenant peut-être bien
cher en l'autre monde, et l'on ne devient guère si riches à être
honnêtes gens. » Je ne veux point tous ces caquets et je veux
75 un homme, en un mot, qui m'ait obligation de ma fille[5], et
à qui je puisse dire : « Mettez-vous là, mon gendre, et dînez
avec moi. »

MONSIEUR JOURDAIN. Voilà bien les sentiments d'un petit
esprit, de vouloir demeurer toujours dans la bassesse. Ne me
80 répliquez pas davantage : ma fille sera marquise en dépit de
tout le monde ; et, si vous me mettez en colère, je la ferai
duchesse.

----

1. **Équipage :** ses vêtements, sa voiture, ses valets, tout ce qui reflète son train
de vie.
2. **Qui fait la glorieuse :** qui montre du dédain, de la fierté.
3. **Relevée :** hautaine.
4. **La porte Saint-Innocent :** porte du cimetière des Saints-Innocents, situé dans
le centre de Paris.
5. **Qui m'ait obligation de ma fille :** qui me porte de la reconnaissance parce
que je lui ai donné ma fille.

Scène 13. Madame Jourdain, Cléonte, Lucile, Nicole, Covielle.

Madame Jourdain. Cléonte, ne perdez point courage encore. *(À Lucile.)* Suivez-moi, ma fille, et venez dire résolument à votre père que, si vous ne l'avez, vous ne voulez épouser personne.

Scène 14. Cléonte, Covielle.

Covielle. Vous avez fait de belles affaires, avec vos beaux sentiments.

Cléonte. Que veux-tu ? J'ai un scrupule là-dessus que l'exemple ne saurait vaincre.

5 Covielle. Vous moquez-vous, de le prendre sérieusement avec un homme comme cela ? Ne voyez-vous pas qu'il est fou ? et vous coûtait-il quelque chose de vous accommoder à ses chimères[1] ?

Cléonte. Tu as raison ; mais je ne croyais pas qu'il fallût
10 faire preuve de noblesse pour être gendre de monsieur Jourdain.

Covielle, *riant*. Ah ! ah ! ah !

Cléonte. De quoi ris-tu ?

Covielle. D'une pensée qui me vient pour jouer notre
15 homme et vous faire obtenir ce que vous souhaitez.

Cléonte. Comment ?

----

1. **Chimères :** idées folles, imaginations sans consistance.

COVIELLE. L'idée est tout à fait plaisante.

CLÉONTE. Quoi donc ?

COVIELLE. Il s'est fait depuis peu une certaine mascarade[1]
20 qui vient[2] le mieux du monde ici, et que je prétends faire
entrer dans une bourle[3] que je veux faire à notre ridicule.
Tout cela sent un peu sa comédie ; mais, avec lui, on peut
hasarder toute chose, il n'y faut point chercher tant de façons,
et il est homme à y jouer son rôle à merveille, à donner
25 aisément dans toutes les fariboles qu'on s'avisera de lui dire.
J'ai les acteurs, j'ai les habits tout prêts, laissez-moi faire
seulement.

CLÉONTE. Mais apprends-moi...

COVIELLE. Je vais vous instruire de tout ; retirons-nous,
30 le voilà qui revient.

---

1. **Mascarade :** pièce, farce qui se joue masqué.
2. **Qui vient :** qui convient, qui trouve sa place.
3. **Bourle :** farce (même origine que le mot « burlesque »).

Repères

• Quel rôle Mme Jourdain assume-t-elle (scènes 11 et 13) ?
• Au cœur de la pièce : l'action est-elle longue à se nouer et à se dénouer ?
• Quel est le rapport de ces quatre scènes avec le titre ? M. Jourdain avait-il fait plus jusque-là que d'imiter les gens de qualité ?

Observation

• Comment apparaît Cléonte (scènes 11 et 12) ? Qu'est-ce que sa tirade révèle de son caractère ? Étudiez-la : que fait-elle attendre ? Quel mot peut faire deviner la réaction de M. Jourdain ?
• « *Touchez là* » : quel est le sens de cette formule ? Pourquoi M. Jourdain fait-il cela ? Imaginez l'expression du visage de Cléonte pendant la réplique de M. Jourdain.
• Le dialogue de M. et Mme Jourdain : le bourgeois gentilhomme a-t-il un langage plus relevé que celui de sa femme ?
• Mme Jourdain s'attend-elle à ces prétentions ? Pourquoi ne développe-t-elle pas tout de suite son argumentation ?
• Ses propos sont-ils raisonnables ? Quelle en est la morale ?
• « *Je la ferai duchesse* » : M. Jourdain a le sens de l'humour, ou la conscience de sa folie. À quel autre moment a-t-il eu le même comportement face à des titres de noblesse ?
• Relevez les termes qui se rapportent au théâtre dans les propos de Covielle (scène 14).

Interprétations

• Le père obstiné, décidé à faire le malheur de sa fille : c'est une figure courante dans les comédies de Molière. Comparez avec *L'Avare*. Comment se marie-t-on au XVIIe siècle ?
• Mme Jourdain est-elle sympathique, apparaît-elle comme une femme équilibrée ? A-t-elle beaucoup de fantaisie, d'ambition ?
• Covielle décide d'exploiter la « folie » de M. Jourdain dans une mascarade. Molière cherche-t-il à faire du théâtre vraisemblable ici ?

Scène 15. Monsieur Jourdain, *seul*.

Monsieur Jourdain. Que diable est-ce là ? Ils n'ont rien que les grands seigneurs à me reprocher, et moi je ne vois rien de si beau que de hanter[1] les grands seigneurs ; il n'y a qu'honneur et que civilité[2] avec eux, et je voudrais qu'il m'eût coûté deux doigts de la main et être né comte ou marquis.

Scène 16. Monsieur Jourdain, un laquais.

Laquais. Monsieur, voici monsieur le comte, et une dame qu'il mène par la main.

Monsieur Jourdain. Hé ! mon Dieu, j'ai quelques ordres à donner. Dis-leur que je vais venir tout à l'heure.

Scène 17. Dorimène, Dorante, laquais.

Laquais. Monsieur dit comme cela qu'il va venir ici tout à l'heure.

Dorante. Voilà qui est bien.

---

1. **Hanter** : fréquenter.
2. **Civilité** : politesse, bonnes manières.

SCÈNE 18. DORIMÈNE, DORANTE.

DORIMÈNE. Je ne sais pas, Dorante ; je fais encore ici une étrange démarche de me laisser amener par vous dans une maison où je ne connais personne.

DORANTE. Quel lieu voulez-vous donc, madame, que mon
5 amour choisisse pour vous régaler, puisque, pour fuir l'éclat[1], vous ne voulez ni votre maison, ni la mienne ?

DORIMÈNE. Mais vous ne dites pas que je m'engage insensiblement chaque jour à recevoir de trop grands témoignages de votre passion ? J'ai beau me défendre des
10 choses, vous fatiguez ma résistance et vous avez une civile opiniâtreté qui me fait venir doucement à tout ce qu'il vous plaît. Les visites fréquentes ont commencé ; les déclarations sont venues ensuite, qui après elles ont traîné[2] les sérénades et les cadeaux, que les présents ont suivis. Je me suis opposée
15 à tout cela, mais vous ne vous rebutez point, et pied à pied vous gagnez mes résolutions[3]. Pour moi, je ne puis plus répondre de rien, et je crois qu'à la fin vous me feriez venir au mariage, dont je me suis tant éloignée.

DORANTE. Ma foi, madame, vous y devriez déjà être. Vous
20 êtes veuve, et ne dépendez que de vous. Je suis maître de moi et vous aime plus que ma vie. À quoi tient-il que dès aujourd'hui vous ne fassiez tout mon bonheur ?

DORIMÈNE. Mon Dieu, Dorante, il faut des deux parts bien des qualités pour vivre heureusement ensemble ; et les deux
25 plus raisonnables personnes du monde ont souvent peine à composer une union dont ils soient satisfaits.

----

1. **Pour fuir l'éclat :** pour éviter le scandale (ils ne sont pas mariés).
2. **Traîné :** ici, entraîné.
3. **Vous gagnez mes résolutions :** vous l'emportez sur mes résolutions.

DORANTE. Vous vous moquez, madame, de vous y figurer tant de difficultés ; et l'expérience que vous avez faite ne conclut rien pour tous les autres.

30 DORIMÈNE. Enfin j'en reviens toujours là. Les dépenses que je vous vois faire pour moi m'inquiètent par deux raisons : l'une, qu'elles m'engagent plus que je ne voudrais ; et l'autre, que je suis sûre, sans vous déplaire, que vous ne les faites point que vous ne vous incommodiez[1] ; et je ne veux point
35 cela.

DORANTE. Ah ! madame, ce sont des bagatelles[2] et ce n'est pas par là...

DORIMÈNE. Je sais ce que je dis ; et entre autres le diamant que vous m'avez forcé à prendre est d'un prix...

40 DORANTE. Eh ! madame, de grâce, ne faites point tant valoir une chose que mon amour trouve indigne de vous, et souffrez... Voici le maître du logis.

SCÈNE 19. MONSIEUR JOURDAIN, DORIMÈNE, DORANTE.

MONSIEUR JOURDAIN, *après avoir fait deux révérences, se trouvant trop près de Dorimène.* Un peu plus loin, madame.

DORIMÈNE. Comment ?

MONSIEUR JOURDAIN. Un pas, s'il vous plaît.

5 DORIMÈNE. Quoi donc ?

MONSIEUR JOURDAIN. Reculez un peu pour la troisième.

----

1. **Que vous ne vous incommodiez :** sans que vous ayez des ennuis d'argent.
2. **Bagatelles :** petites choses.

DORANTE. Madame, monsieur Jourdain sait son monde[1].

MONSIEUR JOURDAIN. Madame, ce m'est une gloire bien grande de me voir assez fortuné pour être si heureux que
10 d'avoir le bonheur que vous ayez eu la bonté de m'accorder la grâce de me faire l'honneur de m'honorer de la faveur de votre présence ; et, si j'avais aussi le mérite pour mériter un mérite comme le vôtre, et que le ciel... envieux de mon bien... m'eût accordé... l'avantage de me voir digne... des...

15 DORANTE. Monsieur Jourdain, en voilà assez ; madame n'aime pas les grands compliments, et elle sait que vous êtes homme d'esprit. *(Bas à Dorimène.)* C'est un bon bourgeois assez ridicule, comme vous voyez, dans toutes ses manières.

DORIMÈNE, *de même.* Il n'est pas malaisé de s'en
20 apercevoir.

DORANTE, *haut.* Madame, voilà le meilleur de mes amis.

MONSIEUR JOURDAIN. C'est trop d'honneur que vous me faites.

DORANTE. Galant homme tout à fait.

25 DORIMÈNE. J'ai beaucoup d'estime pour lui.

MONSIEUR JOURDAIN. Je n'ai rien fait encore, madame, pour mériter cette grâce.

DORANTE, *bas à M. Jourdain.* Prenez bien garde, au moins, à[2] ne lui point parler du diamant que vous lui avez donné.

30 MONSIEUR JOURDAIN, *bas à Dorante.* Ne pourrais-je pas seulement lui demander comment elle le trouve ?

----

1. **Sait son monde** : sait comment on procède dans le grand monde.
2. **À** : de.

DORANTE, *bas à M. Jourdain.* Comment ? gardez-vous-en bien. Cela serait vilain[1] à vous ; et, pour agir en galant homme, il faut que vous fassiez comme si ce n'était pas vous
35 qui lui eussiez fait ce présent. *(Haut.)* Monsieur Jourdain, madame, dit qu'il est ravi de vous voir chez lui.

DORIMÈNE. Il m'honore beaucoup.

MONSIEUR JOURDAIN, *bas à Dorante.* Que je vous suis obligé, monsieur, de lui parler ainsi pour moi !

40 DORANTE, *bas à M. Jourdain.* J'ai eu une peine effroyable[2] à la faire venir ici.

MONSIEUR JOURDAIN, *bas à Dorante.* Je ne sais quelles grâces vous en rendre.

DORANTE. Il dit, madame, qu'il vous trouve la plus belle
45 personne du monde.

DORIMÈNE. C'est bien de la grâce qu'il me fait.

MONSIEUR JOURDAIN. Madame, c'est vous qui faites les grâces[3], et...

DORANTE. Songeons à manger.

----

1. **Vilain** : vulgaire. Un « vilain » était un paysan.
2. **Effroyable** : énorme.
3. **Les grâces** : monsieur Jourdain se trompe. Il aurait dû dire : « C'est vous qui me faites la grâce ». Faire des grâces, c'est faire des manières ou dire un remerciement à Dieu après le repas.

SCÈNE 20. MONSIEUR JOURDAIN, DORIMÈNE, DORANTE, UN LAQUAIS.

LAQUAIS, *à M. Jourdain.* Tout est prêt, monsieur.

DORANTE. Allons donc nous mettre à table, et qu'on fasse venir les musiciens.
(Six cuisiniers qui ont préparé le festin dansent ensemble et font le troisième intermède ; après quoi ils apportent une table couverte de plusieurs mets.)

*Scène de théâtre en plein air, dessin anonyme du XVe siècle.
Centre culturel de Cambrai.*

REPÈRES

• Scènes 15, 16, 17 : sont-elles mouvementées, que préparent-elles ?
• Dorimène est introduite : depuis quand l'attend-on ? Son personnage suscitait-il autant de curiosité que celui de Dorante ?
• Comment la scène est-elle reliée au ballet ? Celui-ci a-t-il été aussi bien préparé que dans les actes précédents ?

OBSERVATION

• Scène 15 : quel sentiment honorable apparaît dans les propos de M. Jourdain ? Qu'est-ce qui en revanche montre sa folie ?
• Quel nouvel élément de l'intrigue, surprenant pour le spectateur, apparaît dans la première réplique de Dorante scène 18 ?
• Dorante ignore-t-il tout ce que rappelle Dorimène dans sa tirade ? Pourquoi Molière la lui fait-il prononcer ? Commentez l'expression « *civile opiniâtreté* » : savez-vous le nom de cette figure de style ?
• L'inquiétude de Dorimène quant aux finances de Dorante est-elle justifiée ? Pourquoi le spectateur peut-il en rire ? .
• Les galanteries de M. Jourdain sont-elles bien tournées ? Observez leur progression au cours de la scène 19.
• Analysez le comique de geste de la révérence : quelle leçon M. Jourdain applique-t-il ici ? Qu'apporte le commentaire de Dorante ?
• Pourquoi Dorante est-il pressé qu'on apporte le dîner ? A-t-il l'esprit tranquille ? A-t-il envie que M. Jourdain parle ?

INTERPRÉTATIONS

• Badinage précieux sur fond d'escroquerie : le couple Dorante-Dorimène apparaît-il bien assorti ? Pesez le pour et le contre. Comment apparaît le caractère de Dorimène ? Est-elle au courant de la ruse de Dorante ? Qu'est-ce qui reste comique dans la scène 18 ?
• Le bourgeois se donne en spectacle : pour la première fois depuis le début de la pièce il est plongé dans le monde des nobles : quels impairs commet-il ? Est-il seulement ridicule ici ? L'escroquerie de Dorante n'en fait-elle pas aussi une victime sympathique ?

Multiplication des personnages et des centres d'intérêt

Huit personnages importants interviennent dans cet acte, un laquais et les six cuisiniers du ballet viennent renforcer leur présence ; en outre, l'action de la pièce se ramifie en deux intrigues différentes. Le spectateur est donc très fortement en attente d'une solution, contrairement aux deux actes précédents. Les déplacements des personnages sont également plus réglés : entrées et sorties de scène se font de façons symétriques, la mise en scène se rapproche de la chorégraphie. Cette symétrie est favorisée par le fait que les personnages forment des couples : Lucile et Cléonte, mais aussi Nicole et Covielle, Mᵐᵉ Jourdain et M. Jourdain, Dorante et Dorimène. Cette disposition par paires connaîtra son couronnement à la fin de la pièce avec les trois mariages.

La « folie » du bourgeois

Covielle ayant prononcé le mot, elle est à présent déclarée. Dire que le personnage est fou permet de rester dans le monde rationnel : c'est lui qui est à part, les autres personnages de la comédie sont « normaux ». Mais en même temps Molière choisit d'entraîner toute la comédie vers cette folie, à travers l'intervention du théâtre : la gaieté de la pièce sera assurée à partir de ce moment par la « farce » turque que Covielle fait venir de l'extérieur. Dorante trompe M. Jourdain, Covielle choisit de renchérir sur son défaut : le bourgeois n'est plus le meneur de la pièce : il subit. Dans l'acte I il *arrêtait* les maîtres. Dans l'acte IV le *fils du Grand Turc* viendra au-devant de lui.

Langage et société

Molière marque les diversités sociales par le langage : chaque couple parle un français propre. Ces différences marquent aussi des différences d'éducation et d'intelligence. M. Jourdain, qui ne savait pas qu'il faisait de la prose, est dominé par Dorante qui maîtrise les figures de style les plus subtiles. Les différents langages assurent de constantes ruptures de ton qui amènent le rire. Contrairement à la tragédie, qui doit respecter l'unité de ton, et même, à l'âge classique, la règle des trois unités (lieu, temps, action), la comédie est faite de rebondissements et de coq-à-l'âne. Molière a l'art de varier les scènes.

ACTE IV

SCÈNE PREMIÈRE. DORANTE, DORIMÈNE,
MONSIEUR JOURDAIN, DEUX MUSICIENS,
UNE MUSICIENNE, LAQUAIS.

DORIMÈNE. Comment, Dorante, voilà un repas tout à fait magnifique !

MONSIEUR JOURDAIN. Vous vous moquez, madame, et je voudrais qu'il fût plus digne de vous être offert. *(Tous se*
5 *mettent à table.)*

DORANTE. Monsieur Jourdain a raison, madame, de parler de la sorte, et il m'oblige de vous faire si bien les honneurs de chez lui. Je demeure d'accord avec lui que le repas n'est pas digne de vous. Comme c'est moi qui l'ai ordonné, et
10 que je n'ai pas sur cette matière les lumières de nos amis, vous n'avez pas ici un repas fort savant, et vous y trouverez des incongruités¹ de bonne chère et des barbarismes² de bon goût. Si Damis s'en était mêlé, tout serait dans les règles ; il y aurait partout de l'élégance et de l'érudition, et
15 il ne manquerait pas de vous exagérer lui-même toutes les pièces du repas qu'il vous donnerait, et de vous faire tomber d'accord de sa haute capacité dans la science des bons morceaux ; de vous parler d'un pain de rive, à biseau doré³, relevé de croûte partout, croquant tendrement sous la dent ;
20 d'un vin à sève veloutée, armé d'un vert qui n'est point trop

---

1. **Incongruités** : fautes de grammaire. Dorante applique le vocabulaire grammatical à la cuisine.
2. **Barbarismes** : fautes qui consistent à employer des mots déformés ou qui n'existent pas.
3. **Pain de rive à biseau doré** : pain cuit sur le bord (la rive) du four, à bord oblique.

commandant[1] ; d'un carré de mouton gourmandé[2] de persil ; d'une longe de veau de rivière[3] longue comme cela, blanche, délicate, et qui sous les dents est une vraie pâte d'amande ; de perdrix relevées d'un fumet surprenant ; et,
25 pour son opéra[4], d'une soupe à bouillon perlé[5] soutenue d'un jeune gros dindon cantonné[6] de pigeonneaux et couronné d'oignons blancs mariés avec la chicorée. Mais, pour moi, je vous avoue mon ignorance ; et, comme monsieur Jourdain a fort bien dit, je voudrais que le repas
30 fût plus digne de vous être offert.

DORIMÈNE. Je ne réponds à ce compliment qu'en mangeant comme je fais.

MONSIEUR JOURDAIN. Ah ! que voilà de belles mains !

DORIMÈNE. Les mains sont médiocres, monsieur Jourdain ;
35 mais vous voulez parler du diamant, qui est fort beau.

MONSIEUR JOURDAIN. Moi, madame ! Dieu me garde d'en vouloir parler : ce ne serait pas agir en galant homme, et le diamant est fort peu de chose.

DORIMÈNE. Vous êtes bien dégoûté.

40 MONSIEUR JOURDAIN. Vous avez trop de bonté...

DORANTE, *après avoir fait signe à M. Jourdain.* Allons, qu'on donne du vin à monsieur Jourdain et à ces messieurs, qui nous feront la grâce de nous chanter un air à boire.

----

1. **Armé d'un vert ... trop commandant** : un peu acide (comme un vin nouveau) sans que cela gâche le goût des plats.
2. **Gourmandé** : relevé.
3. **Veau de rivière** : veau élevé près d'une rivière (qui s'est nourri de prairies bien grasses).
4. **Opéra** : chef-d'œuvre.
5. **Perlé** : où le suc de la viande forme de petites perles.
6. **Cantonné** : accompagné aux quatre coins (terme d'héraldique).

DORIMÈNE. C'est merveilleusement assaisonner la bonne
45 chère que d'y mêler la musique, et je me vois ici
admirablement régalée.

MONSIEUR JOURDAIN. Madame, ce n'est pas...

DORANTE. Monsieur Jourdain, prêtons silence à ces
messieurs ; ce qu'ils nous diront vaudra mieux que tout ce
50 que nous pourrions dire[1].

*(Les musiciens et la musicienne prennent des verres,
chantent deux chansons à boire, et sont soutenus de toute
la symphonie.)*

PREMIÈRE CHANSON À BOIRE
(1er et 2e musiciens ensemble, un verre à la main.)

55   Un petit doigt, Philis, pour commencer le tour[2] ;
Ah ! qu'un verre en vos mains a d'agréables charmes !
Vous et le vin, vous vous prêtez des armes,
Et je sens pour tous deux redoubler mon amour :
Entre lui, vous et moi, jurons, jurons, ma belle,
60   Une ardeur éternelle.
Qu'en mouillant votre bouche il en reçoit d'attraits,
Et que l'on voit par lui votre bouche embellie !
Ah ! l'un de l'autre ils me donnent envie,
Et de vous et de lui je m'enivre à longs traits :
65   Entre lui, vous et moi, jurons, jurons, ma belle,
Une ardeur éternelle.

SECONDE CHANSON À BOIRE
(2e et 3e musiciens ensemble.)
Buvons, chers amis, buvons.
70   Le temps qui fuit nous y convie ;

---

1. Manger en musique est une mode à cette époque. On remarque que
Dorante est pressé de faire taire monsieur Jourdain, de peur que Dorimène ne
découvre sa supercherie.
2. **Tour** : tournée.

Profitons de la vie
Autant que nous pouvons :
Quand on a passé l'onde noire[1]
Adieu le bon vin, nos amours ;
75   Dépêchons-nous de boire,
On ne boit pas toujours.

Laissons raisonner les sots
Sur le vrai bonheur de la vie ;
Notre philosophie
80   Le met parmi les pots :
Les biens, le savoir et la gloire
N'ôtent point les soucis fâcheux.
Et ce n'est qu'à bien boire
Que l'on peut être heureux.

85   *(Tous trois ensemble.)*

Sus, sus, du vin, partout versez, garçons, versez,
Versez, versez toujours tant qu'[2]on vous dise assez.

DORIMÈNE. Je ne crois pas qu'on puisse mieux chanter, et
cela est tout à fait beau.

90 MONSIEUR JOURDAIN. Je vois encore ici, madame, quelque
chose de plus beau.

DORIMÈNE. Ouais ![3] monsieur Jourdain est galant plus
que je ne pensais.

DORANTE. Comment ! madame, pour qui prenez-vous
95 monsieur Jourdain ?

MONSIEUR JOURDAIN. Je voudrais bien qu'elle me prît pour
ce que je dirais.

DORIMÈNE. Encore !

----

1. **Quand on a passé l'onde noire :** quand on est mort, quand on a traversé
le fleuve des Enfers (le Styx) dans la mythologie gréco-romaine.
2. **Tant qu' :** jusqu'à ce qu'.
3. **Ouais ! :** Dorimène est perplexe. Cela n'a rien de vulgaire.

DORANTE, *à Dorimène.* Vous ne le connaissez pas.

100 MONSIEUR JOURDAIN. Elle me connaîtra quand il lui plaira.

DORIMÈNE. Oh ! je le quitte[1].

DORANTE. Il est homme qui a toujours la riposte en main. Mais vous ne voyez pas que monsieur Jourdain, madame, mange tous les morceaux que vous touchez[2] ?

105 DORIMÈNE. Monsieur Jourdain est un homme qui me ravit...

MONSIEUR JOURDAIN. Si je pouvais ravir[3] votre cœur, je serais...

SCÈNE 2. MADAME JOURDAIN, MONSIEUR JOURDAIN, DORIMÈNE, DORANTE, MUSICIENS, MUSICIENNE, LAQUAIS.

MADAME JOURDAIN. Ah ! ah ! je trouve ici bonne compagnie, et je vois bien qu'on ne m'y attendait pas. C'est donc pour cette belle affaire-ci, monsieur mon mari, que vous avez eu tant d'empressement à m'envoyer dîner chez ma 5 sœur ? Je viens de voir un théâtre là-bas[4], et je vois ici un banquet à faire noces. Voilà comme vous dépensez votre bien, et c'est ainsi que vous festinez[5] les dames en mon absence, et que vous leur donnez la musique et la comédie tandis que vous m'envoyez promener.

----

1. **Je le quitte :** j'abandonne.
2. **Touchez :** entamez.
3. **Ravir :** voler, enlever. Monsieur Jourdain joue sur le double sens (sens de « plaire » l. 106, et sens d'« enlever » l. 107).
4. **Là-bas :** en bas.
5. **Festinez :** offrez un festin.

10 DORANTE. Que voulez-vous dire, madame Jourdain ? et quelles fantaisies sont les vôtres[1] de vous aller mettre en tête que votre mari dépense son bien, et que c'est lui qui donne ce régale[2] à madame ? Apprenez que c'est moi, je vous prie ; qu'il ne fait seulement que me prêter sa maison, et que vous
15 devriez un peu mieux regarder aux choses que vous dites.

MONSIEUR JOURDAIN. Oui, impertinente, c'est monsieur le comte qui donne tout ceci à madame, qui est une personne de qualité. Il me fait l'honneur de prendre ma maison, et de vouloir que je sois avec lui.

20 MADAME JOURDAIN. Ce sont des chansons que cela ; je sais ce que je sais.

DORANTE. Prenez, madame Jourdain, prenez de meilleures lunettes.

MADAME JOURDAIN. Je n'ai que faire de lunettes, monsieur,
25 et je vois assez clair ; il y a longtemps que je sens les choses, et je ne suis pas une bête. Cela est fort vilain à vous pour un grand seigneur, de prêter la main, comme vous faites, aux sottises de mon mari. Et vous, madame, pour une grand'dame, cela n'est ni beau ni honnête à vous de mettre
30 de la dissension[3] dans un ménage et de souffrir que mon mari soit amoureux de vous.

DORIMÈNE. Que veut donc dire tout ceci ? Allez, Dorante, vous vous moquez, de m'exposer aux sottes visions[4] de cette extravagante.

35 DORANTE, *suivant Dorimène qui sort*. Madame, holà ! madame, où courez-vous ?

----

1. **Quelles fantaisies sont les vôtres ?** : que vous imaginez-vous ?
2. **Régale** : repas somptueux. Orthographe possible au XVIIᵉ siècle.
3. **Dissension** : désaccord, division profonde.
4. **Visions** : idées folles, délirantes.

MONSIEUR JOURDAIN. Madame ! monsieur le comte, faites-lui excuses, et tâchez de la ramener.

SCÈNE 3. MADAME JOURDAIN,
MONSIEUR JOURDAIN, UN LAQUAIS.

MONSIEUR JOURDAIN. Ah ! impertinente que vous êtes, voilà de vos beaux faits[1] ; vous me venez faire des affronts devant tout le monde, et vous chassez de chez moi des personnes de qualité.

5 MADAME JOURDAIN. Je me moque de leur qualité.

MONSIEUR JOURDAIN. Je ne sais qui me tient[2], maudite, que je ne vous fende la tête avec les pièces du repas que vous êtes venu troubler. *(On ôte la table.)*

MADAME JOURDAIN, *sortant.* Je me moque de cela. Ce sont
10 mes droits que je défends, et j'aurai pour moi toutes les femmes.

MONSIEUR JOURDAIN. Vous faites bien d'éviter ma colère.

SCÈNE 4. MONSIEUR JOURDAIN, *seul.*

MONSIEUR JOURDAIN. Elle est arrivée là bien malheureusement. J'étais en humeur de dire de jolies choses et jamais je ne m'étais senti tant d'esprit. Qu'est-ce que c'est que cela ?

----

1. **Beaux faits :** actions, exploits.
2. **Qui me tient :** ce qui me retient.

REPÈRES

• Y a-t-il une rupture dans l'action entre l'acte III et l'acte IV ?
• M. Jourdain est plongé dans le monde de ses rêves. À la scène 4 Molière l'en fait-il sortir pour longtemps ?
• Le dîner est-il un moment de stabilité ? Que sait le spectateur, qu'attend-il ? Qui a offert le dîner, qui en tire profit ?

OBSERVATION

• Pourquoi M. Jourdain répond-il à l'exclamation de Dorimène (scène 1) alors qu'elle est adressée à Dorante ?
• Quel est le sens d' « *obliger* » (l. 7) ? Montrez l'habileté de Dorante. De quelle mode du XVIIᵉ siècle relève cette tirade ? En vue de quel effet Dorante transpose-t-il des termes de grammaire en cuisine ?
• Dorante prétend ne pas parler du repas mais il le fait. Cette figure de style est une prétérition : quelles phrases la rendent évidente ?
• Le repas est-il sommaire et indigne de Dorimène ? Pourquoi Dorante et M. Jourdain le rabaissent-ils ?
• Autour du diamant : pourquoi rit-on ? Résumez la situation. Pourquoi Dorante est-il pressé d'entendre la chanson ?
• Comment Dorante tire-t-il parti de l'irruption de Mᵐᵉ Jourdain ? Que risque-t-il à ce moment-là ? Que croit M. Jourdain ?
• Scène 2 : quelle est la portée du discours de Mᵐᵉ Jourdain ? Que vise-t-elle en disant : « *cela est fort vilain à vous pour un grand seigneur* » ?
• Scènes 3 et 4 : l'effet comique de la colère du bourgeois : est-il en position de force ? Quels droits évoque Mᵐᵉ Jourdain ?

INTERPRÉTATIONS

• Relevez toutes les ambiguïtés qui planent pendant le dîner : qui mène la discussion ? Les autres personnages comprennent-ils tout ce qui se passe ? Le personnage de l'hypocrite est essentiel dans la comédie : cherchez-en des exemples dans d'autres pièces.
• L'épouse trompée revient au logis plus tôt que prévu : cette situation est-elle originale ? Mais ici, M. Jourdain est-il trompeur ou trompé ? Pourquoi Dorimène réagit-elle violemment ?

Scène 5. Covielle, *déguisé*,
Monsieur Jourdain, Laquais.

Covielle. Monsieur, je ne sais pas si j'ai l'honneur d'être connu de vous ?

Monsieur Jourdain. Non, monsieur.

Covielle, *étendant la main à un pied de terre*. Je vous ai
5 vu que vous n'étiez pas plus grand que cela.

Monsieur Jourdain. Moi ?

Covielle. Oui. Vous étiez le plus bel enfant du monde, et toutes les dames vous prenaient dans leurs bras pour vous baiser.

10 Monsieur Jourdain. Pour me baiser ?

Covielle. Oui. J'étais grand ami de feu[1] monsieur votre père.

Monsieur Jourdain. De feu monsieur mon père ?

Covielle. Oui. C'était un fort honnête gentilhomme.

15 Monsieur Jourdain. Comment dites-vous ?

Covielle. Je dis que c'était un fort honnête gentilhomme.

Monsieur Jourdain. Mon père ?

Covielle. Oui.

Monsieur Jourdain. Vous l'avez fort connu ?

20 Covielle. Assurément.

----

1. **Feu** : adjectif qu'on met devant le nom de quelqu'un pour rappeler qu'il est mort.

MONSIEUR JOURDAIN. Et vous l'avez connu pour gentilhomme ?

COVIELLE. Sans doute.

MONSIEUR JOURDAIN. Je ne sais donc pas comment le
25 monde est fait.

COVIELLE. Comment ?

MONSIEUR JOURDAIN. Il y a de sottes gens qui me veulent dire qu'il a été marchand.

COVIELLE. Lui, marchand ! C'est pure médisance, il ne l'a
30 jamais été. Tout ce qu'il faisait, c'est qu'il était fort obligeant, fort officieux[1], et, comme il se connaissait fort bien en étoffes, il en allait choisir de tous les côtés, les faisait apporter chez lui, et en donnait à ses amis pour de l'argent.

MONSIEUR JOURDAIN. Je suis ravi de vous connaître, afin
35 que vous rendiez ce témoignage-là que mon père était gentilhomme.

COVIELLE. Je le soutiendrai devant tout le monde.

MONSIEUR JOURDAIN. Vous m'obligerez. Quel sujet vous amène ?

40 COVIELLE. Depuis avoir connu feu monsieur votre père, honnête gentilhomme, comme je vous ai dit, j'ai voyagé par tout le monde[2].

MONSIEUR JOURDAIN. Par tout le monde !

COVIELLE. Oui.

45 MONSIEUR JOURDAIN. Je pense qu'il y a bien loin en ce pays-là.

----

1. **Officieux :** serviable. Synonyme d'obligeant.
2. **Par tout le monde :** sur toute la terre.

COVIELLE. Assurément. Je ne suis revenu de tous mes longs voyages que depuis quatre jours ; et, par l'intérêt que je prends à tout ce qui vous touche, je viens vous annoncer la 50 meilleure nouvelle du monde.

MONSIEUR JOURDAIN. Quelle ?

COVIELLE. Vous savez que le fils du Grand Turc est ici ?

MONSIEUR JOURDAIN. Moi ? non.

COVIELLE. Comment ! Il a un train [1] tout à fait magnifique : 55 tout le monde le va voir, et il a été reçu en ce pays comme un seigneur d'importance.

MONSIEUR JOURDAIN. Par ma foi, je ne savais pas cela.

COVIELLE. Ce qu'il y a d'avantageux pour vous, c'est qu'il est amoureux de votre fille.

60 MONSIEUR JOURDAIN. Le fils du Grand Turc ?

COVIELLE. Oui ; et il veut être votre gendre.

MONSIEUR JOURDAIN. Mon gendre, le fils du Grand Turc ?

COVIELLE. Le fils du Grand Turc votre gendre. Comme je le fus voir, et que j'entends parfaitement sa langue, il 65 s'entretint avec moi ; et, après quelques autres discours, il me dit : *Acciam croc soler ouch alla moustaph gidelum amanahem varahini oussere carbulath.* C'est-à-dire : « N'as-tu point vu une jeune belle personne qui est la fille de monsieur Jourdain, gentilhomme parisien ? »

70 MONSIEUR JOURDAIN. Le fils du Grand Turc dit cela de moi ?

COVIELLE. Oui. Comme je lui eus répondu que je vous connaissais particulièrement et que j'avais vu votre fille :

---

1. **Un train :** une suite : tous les gens, toutes les voitures qui vont avec lui.

« Ah ! me dit-il, *Marababa sahem* » ; c'est-à-dire : « Ah ! que
75 je suis amoureux d'elle ! »

MONSIEUR JOURDAIN. *Marababa sahem* veut dire : Ah !
que je suis amoureux d'elle ?

COVIELLE. Oui.

MONSIEUR JOURDAIN. Par ma foi, vous faites bien de me le
80 dire, car, pour moi, je n'aurais jamais cru que ce *Marababa
sahem* eût voulu dire : Ah ! que je suis amoureux d'elle !
Voilà une langue admirable que ce turc !

COVIELLE. Plus admirable qu'on ne peut croire. Savez-vous
bien ce que veut dire *Cacaracamouchen* ?

85 MONSIEUR JOURDAIN. *Cacaracamouchen* ? Non.

COVIELLE. C'est-à-dire : « Ma chère âme. »

MONSIEUR JOURDAIN. *Cacaracamouchen* veut dire : Ma
chère âme ?

COVIELLE. Oui.

90 MONSIEUR   JOURDAIN. Voilà   qui   est   merveilleux !
Cacaracamouchen, ma chère âme : dirait-on jamais cela ?
Voilà qui me confond.

COVIELLE. Enfin, pour achever mon ambassade[1], il vient
vous demander votre fille en mariage ; et pour avoir un beau-
95 père qui soit digne de lui, il veut vous faire *Mamamouchi*[2],
qui est une certaine grande dignité de son pays.

MONSIEUR JOURDAIN. *Mamamouchi* ?

----

1. **Ambassade** : mission.
2. **Mamamouchi** : mot inventé par Molière, peut-être à partir de l'arabe « mà
menou schi » *(sic)*, « non bonne chose » (Littré).

COVIELLE. Oui, *Mamamouchi* ; c'est-à-dire, en notre langue, paladin. Paladin, ce sont de ces anciens... Paladin enfin ![1] Il 100 n'y a rien de plus noble que cela dans le monde ; et vous irez de pair[2] avec les plus grands seigneurs de la terre.

MONSIEUR JOURDAIN. Le fils du Grand Turc m'honore beaucoup, et je vous prie de me mener chez lui pour lui en faire mes remerciements.

105 COVIELLE. Comment ! le voilà qui va venir ici.

MONSIEUR JOURDAIN. Il va venir ici ?

COVIELLE. Oui ; et il amène toutes choses pour la cérémonie de votre dignité.

MONSIEUR JOURDAIN. Voilà qui est bien prompt.

110 COVIELLE. Son amour ne peut souffrir aucun retardement[3].

MONSIEUR JOURDAIN. Tout ce qui m'embarrasse ici, c'est que ma fille est une opiniâtre qui s'est allé mettre dans la tête un certain Cléonte, et elle jure de n'épouser personne que 115 celui-là.

COVIELLE. Elle changera de sentiment quand elle verra le fils du Grand Turc ; et puis il se rencontre ici une aventure merveilleuse : c'est que le fils du Grand Turc ressemble à ce Cléonte, à peu de chose près. Je viens de le voir, on me l'a 120 montré ; et l'amour qu'elle a pour l'un pourra passer aisément à l'autre, et... Je l'entends venir ; le voilà.

----

1. **Paladin enfin ! :** Covielle ne sait plus bien qui étaient les paladins, les grands seigneurs qui accompagnaient Charlemagne.
2. **De pair :** à égalité.
3. **Retardement :** retard.

SCÈNE 6. CLÉONTE, *en Turc, avec trois pages portant sa veste*[1], MONSIEUR JOURDAIN, COVIELLE, *déguisé*.

CLÉONTE. *Ambousahim oqui boraf, Jordina, salamalequi*[2].

COVIELLE, *à M. Jourdain.* C'est-à-dire : « Monsieur Jourdain, votre cœur soit toute l'année comme un rosier fleuri. » Ce sont façons de parler obligeantes de ces pays-là.

5 MONSIEUR JOURDAIN. Je suis très humble serviteur de Son Altesse Turque.

COVIELLE. *Carigar camboto oustin moraf.*

CLÉONTE. *Oustin yoc catamalequi basum base alla moran.*

COVIELLE. Il dit que le ciel vous donne la force des lions et 10 la prudence des serpents.

MONSIEUR JOURDAIN. Son Altesse Turque m'honore trop, et je lui souhaite toutes sortes de prospérités.

COVIELLE. *Ossa binamen sadoc babally oracaf ouram.*

CLÉONTE. *Bel-men.*

15 COVIELLE. Il dit que vous alliez vite avec lui vous préparer pour la cérémonie, afin de voir ensuite votre fille et de conclure le mariage.

MONSIEUR JOURDAIN. Tant de choses en deux mots ?

COVIELLE. Oui ; la langue turque est comme cela, elle dit 20 beaucoup en peu de paroles. Allez vite où il souhaite.

----

1. **Portant sa veste :** tenant le pan de sa longue robe.
2. Les dialogues sont dans un mélange douteux d'arabe et de turc. Le chevalier d'Arvieux, qui était traducteur, avait sans doute donné à Molière quelques mots.

SCÈNE 7. COVIELLE, *seul.*

COVIELLE. Ha ! ha ! ha ! Ma foi, cela est tout à fait drôle. Quelle dupe ! Quand il aurait appris son rôle par cœur, il ne pourrait pas le mieux jouer. Ah ! ah !

SCÈNE 8. DORANTE, COVIELLE.

COVIELLE. Je vous prie, monsieur, de nous vouloir aider céans dans une affaire qui s'y passe.

DORANTE. Ah ! ah ! Covielle, qui t'aurait reconnu ? Comme te voilà ajusté !

5 COVIELLE. Vous voyez. Ah ! ah !

DORANTE. De quoi ris-tu ?

COVIELLE. D'une chose, monsieur, qui le mérite bien.

DORANTE. Comment ?

COVIELLE. Je vous le donnerais en bien des fois, monsieur,
10 à deviner le stratagème[1] dont nous nous servons auprès de monsieur Jourdain pour porter son esprit à donner sa fille à mon maître.

DORANTE. Je ne devine point le stratagème, mais je devine qu'il ne manquera pas de faire son effet, puisque tu
15 l'entreprends.

COVIELLE. Je sais, monsieur, que la bête[2] vous est connue.

DORANTE. Apprends-moi ce que c'est.

---

1. **Stratagème** : ruse.
2. **La bête** : Covielle se désigne ainsi familièrement.

COVIELLE. Prenez la peine de vous tirer[1] un peu plus loin pour faire place à ce que j'aperçois venir. Vous pourrez voir 20 une partie de l'histoire, tandis que je vous conterai le reste. *(La cérémonie turque pour anoblir le Bourgeois se fait en danse et en musique, et compose le quatrième intermède.)*

Molière excellait dans l'art de l'imitation et de la caricature. Jérôme Savary, premier rôle et metteur en scène du Bourgeois gentilhomme, *1989.*

1. **Vous tirer :** de vous retirer. Ce n'est pas vulgaire.

LA CÉRÉMONIE TURQUE

LE MUFTI, TURCS, DERVIS, *chantant et dansant,*
MONSIEUR JOURDAIN, *vêtu à la turque,*
la tête rasée, sans turban et sans sabre.

PREMIÈRE ENTRÉE DE BALLET

Six Turcs entrent gravement, deux à deux, au son des instruments. Ils portent trois tapis, qu'ils lèvent fort haut, après en avoir fait, en dansant, plusieurs figures. Les Turcs chantant passent par-dessous ces tapis, pour s'aller ranger aux deux côtés du théâtre. Le Mufti[1], accompagné des Dervis[2], ferme cette marche.
Les Turcs étendent les tapis par terre et se mettent dessus à genoux. Le Mufti et les Dervis restent debout au milieu d'eux ; et pendant que le Mufti invoque Mahomet, en faisant beaucoup de contorsions et de grimaces, sans proférer une seule parole, les Turcs assistants se prosternent jusqu'à terre, chantant Alli, *lèvent les bras au ciel en chantant* Alla ; *ce qu'ils continuent jusqu'à la fin de l'évocation. Alors ils se relèvent tous chantant* Alla eckber *(« Dieu est grand ») ; et deux Dervis vont chercher M. Jourdain.*

---

1. **Mufti** : dignitaire de la religion musulmane qui a pour mission d'interpréter le Coran.
2. **Dervis,** ou **derviches** : religieux musulmans.

TEXTE	TRADUCTION

LE MUFTI, *à M. Jourdain*

Se ti sabir [1],	Si toi savoir,
Ti respondir ;	Toi répondre ;
Se non sabir,	Si ne pas savoir,
Tazir, tazir.	Te taire, te taire.
5 Mi star mufti.	Moi être mufti.
Ti qui star, ti ?	Toi, qui être, toi ?
Non intendir ?	Pas entendre ?
Tazir, tazir.	Te taire, te taire.

(Deux Dervis font retirer M. Jourdain.)

LE MUFTI

10 Dice, Turque, qui star [quista ?	Dis, Turc, qui être celui-[là ?
Anabatista ? Anabatista ?	Anabaptiste [2] ? Anabaptiste ?

LES TURCS

Ioc.	Non.

LE MUFTI

Zuinglista ?	Zwinglien [3] ?

LES TURCS

Ioc.	Non.

LE MUFTI

15 Coffita ?	Cophte [4] ?

LES TURCS

Ioc.	Non.

---

1. **Sabir** : c'est ainsi justement qu'on appelle la langue dans laquelle sont écrits ces couplets. C'est un mélange d'italien, de français, d'espagnol et d'arabe, parlé dans les ports méditerranéens.
2. **Anabaptiste** : membre d'un mouvement protestant allemand.
3. **Zwinglien** : membre de la secte protestante suisse créée par Zwingli.
4. **Cophte** : ou « copte », chrétien d'Égypte ou d'Éthiopie.

TEXTE	TRADUCTION

LE MUFTI

Hussita ? Morista ? [Fronista ?

Hussite[1] ? More ? [Phrontiste[2] ?

LES TURCS

Ioc, ioc, ioc !

Non, non, non !

LE MUFTI

Ioc, ioc, ioc ! Star Pagana ?

Non, non, non ! Être [païen ?

LES TURCS

20 Ioc.

Non.

LE MUFTI

Luterana ?

Luthérien ?

LES TURCS

Ioc.

Non.

LE MUFTI

Puritana ?

Puritain[3] ?

LES TURCS

Ioc.

Non.

LE MUFTI

25 Bramina ? Moffina ? [Zurina ?

Bramine[4] ? ... ? ... ?

LES TURCS

Ioc, ioc, ioc !

Non, non, non !

LE MUFTI

Ioc, ioc, ioc !
Mahametana ? [Mahametana ?

Non, non, non !
Mahométan ? [Mahométan ?

---

1. **Hussite** : disciple de Jan Hus, réformateur tchèque (début du XVᵉ siècle).
2. **Phrontiste** : contemplatif.
3. **Puritain** : membre de diverses communautés protestantes anglaises.
4. **Bramine** : de religion hindoue (brahmane). Les deux noms qui suivent semblent inventés.

TEXTE	TRADUCTION

LES TURCS

Hi Valla. Hi Valla.   Oui, par Dieu. Oui, par
                                              [Dieu.

LE MUFTI

30 Como chamara ? *(bis)*   Comment s'appelle-t-il ?
                                              [*(bis)*

LES TURCS

Giourdina. *(bis)*   Jourdain. *(bis)*

LE MUFTI, *sautant et regardant de côté et d'autre.*

Gourdina ? *(ter)*

Jourdain ? *(ter)*

LES TURCS

35 Giourdina. *(ter)*   Jourdain. *(ter)*

LE MUFTI

Mahameta, per Giourdina,   Mahomet, pour Jourdain,
Mi pregar sera e matina.   Moi prier soir et matin.
Voler far un paladina   Vouloir faire un paladin
De Giourdina, de Giourdina.   De Jourdain, de Jourdain.
40 Dar turbanta é dar   Donner turban et donner
        [scarcina,   [sabre,
Con galera é brigantina,   Avec galère et brigantine [1],
Per deffender Palestina.   Pour défendre la Palestine.
Mahameta, per Giourdina   Mahomet, pour Jourdain
Mi pregar sera e matina.   Moi prier soir et matin.
45 *(Aux Turcs.)*
Star bon Turca, Giourdina ?   Est-il bon Turc, Jourdain ?

LES TURCS

Hi Valla. Hi Valla !   Oui, par Dieu. Oui, par
                                              [Dieu !

LE MUFTI, *chantant et dansant.*

Ha, la, ba, ba, la, chou,   *(On peut comprendre :)*
ba, la, ba, ba, la, da.   Dieu, mon père, mon père,
                                              [Dieu.

---

1. **Brigantine :** petit navire à deux mâts.

LES TURCS

50 Ha, la, ba, ba, la, chou, ba,   la, ba, ba, la, da.

DEUXIÈME ENTRÉE DE BALLET

*Le Mufti revient coiffé avec son turban de cérémonie, qui
est d'une grosseur démesurée, et garni de bougies allumées
à quatre ou cinq rangs ; il est accompagné de deux Dervis
qui portent l'Alcoran[1] et qui ont des bonnets pointus, garnis
aussi de bougies allumées.*

*Les deux autres Dervis amènent le Bourgeois, qui est tout
épouvanté de cette cérémonie, et le font mettre à genoux,
les mains par terre, de façon que son dos, sur lequel est mis
l'Alcoran, serve de pupitre au Mufti. Le Mufti fait une
seconde invocation burlesque, fronçant les sourcils et
ouvrant la bouche, sans dire mot ; puis parlant avec véhé-
mence, tantôt radoucissant sa voix, tantôt la poussant d'un
enthousiasme à faire trembler, se tenant les côtes avec les
mains comme pour faire sortir les paroles, frappant de
temps en temps sur l'Alcoran, et tournant les feuillets avec
précipitation. Après quoi, en levant les bras au ciel, le Mufti
crie à haute voix : Hou ! Pendant cette seconde invocation,
les Turcs assistants s'inclinent trois fois et trois fois se relèvent, en chantant aussi : Hou, hou, hou.*

MONSIEUR JOURDAIN, *après qu'on lui a ôté l'Alcoran de
dessus le dos.*   Ouf !

TEXTE   TRADUCTION

LE MUFTI, *à M. Jourdain.*

Ti non star furba ?   Toi, n'être pas fourbe ?

---

1. L'Alcoran : le Coran, livre sacré de la religion musulmane.

LES TURCS

No, no, no !   Non, non, non !

LE MUFTI

5 Non star forfanta ?   N'être pas imposteur ?

LES TURCS

No, no, no !   Non, non, non !

LE MUFTI

Donar turbanta. *(bis)*   Donner turban. *(bis)*

LES TURCS

Ti non star furba ?   Toi, n'être pas fourbe ?
No, no, no.   Non, non, non !
10 Non star forfanta ?   N'être pas imposteur ?
No, no, no.   Non, non, non !
Donar turbanta. *(bis)*   Donner turban. *(bis)*

TROISIÈME ENTRÉE DE BALLET

Les Turcs, dansant et chantant, mettent le turban sur la tête de M. Jourdain au son des instruments.

LE MUFTI, *donnant le sabre à M. Jourdain.*

Ti star nobile, non star   Toi être noble, ce n'est pas
       [fabbola.   [une fable.
Pigliar schiabbola.   Prends le sabre.

LES TURCS, *mettant tous le sabre à la main, reprennent ces paroles.*

QUATRIÈME ENTRÉE DE BALLET

Les Turcs, dansant, donnent en cadence plusieurs coups de sabre à M. Jourdain.

LE MUFTI

Dara, dara.   Donnez, donnez.
Bastonnara. *(ter)*   Bastonnade. *(ter)*

LES TURCS *reprennent ces paroles.*

CINQUIÈME ENTRÉE DE BALLET
Les Turcs, dansant, donnent à M. Jourdain des coups de bâton en cadence.

LE MUFTI

Non tener honta ;   N'avoir pas honte ;
Questa star l'ultima   Ceci être le dernier affront.
    [affronta.

Le Mufti commence une troisième invocation. Les Dervis le soutiennent par-dessous le bras avec respect ; après quoi les Turcs chantant et dansant, sautant autour du Mufti, se retirent avec lui et emmènent M. Jourdain.

La Visite d'un ambassadeur extraordinaire
du roi de Perse auprès de Louis XIV au château de Versailles.
Gravure de Leroux, école française des XVIIe et XVIIIe siècles.
Musée Carnavalet, Paris.

REPÈRES

• À quelle scène de l'acte III fait suite la scène 5 ? À quel débat entre M. et Mme Jourdain fait-elle écho ?
• M. Jourdain met-il beaucoup de temps à se laisser convaincre ?
• À votre avis, la cérémonie turque est-elle bien intégrée à la pièce ?

OBSERVATION

• Les répliques de M. Jourdain : qu'expriment-elles ? Comment succèdent-elles à celle de Covielle ? Quel procédé utilise Molière ?
• Scène 5, l. 24-25 : M. Jourdain semble-t-il tout à fait fou ? Nouvel éclair de bon sens à la fin de la scène 5 : ces moments durent-ils ?
• Scène 5, l. 67-69 : quel mot touche M. Jourdain dans ce que dit de lui le Grand Turc ? L. 46 : quel mot Molière reprend-il par l'expression « *ce pays-là* » ?
• M. Jourdain réagit en deux temps au « *turc* » de Covielle : précisez. À quelle scène de l'acte II ses réactions nous font-elles penser ? Le pseudo-turc est-il drôle en soi ?
• Covielle prépare l'arrivée de Cléonte : le bourgeois est-il très méfiant ? Prend-il le mariage et les sentiments de sa fille au sérieux ?
• Pourquoi Covielle doit-il absolument mettre Dorante au courant ?
• Dans la cérémonie turque, quel est l'effet comique du « *Ouf* » de M. Jourdain ? Le sabir est-il vraiment incompréhensible ?

INTERPRÉTATIONS

• Le valet rusé qui travaille pour les amours de son maître : comparez Covielle et Scapin. Le personnage de Covielle vous paraît-il avoir évolué depuis l'acte III ? Quel rôle assumait-il alors ?
• La cérémonie turque : déchaînement de la farce. Molière emploie essentiellement un comique de gestes et de sonorités. Sous quelle forme est écrite la cérémonie ? Est-ce uniquement le sens des mots qui nous fait rire ? Commentez le jeu de scène sur « *Giourdina* ».
• Connaissez-vous d'autres pièces de Molière où un personnage subit le bâton par ruse ? M. Jourdain vient d'être « anobli » et subit la bastonnade : les nobles pouvaient-ils recevoir ce châtiment ?

Monsieur Jourdain : dupe mais heureux

C'est ce qui donne à la pièce son caractère spécial : il n'y a rien de particulièrement méchant dans le tour que joue Covielle au bourgeois. La bastonnade reste modeste. Et le personnage principal adhère totalement à la fantaisie, il est de plus en plus joyeux. Le petit côté amer de l'intrigue, lié à Dorante, s'efface peu à peu. Si l'atmosphère est aussi heureuse, c'est aussi que le burlesque ne vise pas à guérir M. Jourdain de sa folie, mais au contraire vise à l'exploiter, à la renforcer pour la réjouissance de tous. M. Jourdain est traité ici comme un cas désespéré : cependant, à plusieurs reprises dans le quatrième acte on a l'impression qu'il peut revenir à la réalité. Mais la comédie laisse ce retour en suspens.

Du double sens raffiné à la farce

L'acte IV joue sur tous les registres de la comédie : on commence par le sous-entendu et le quiproquo pendant le dîner, on finit sur la mascarade. L'évolution de l'acte est très rapide. L'action a évolué sans que le spectateur puisse tout voir : on a laissé Covielle sur son idée de farce à l'acte III : pendant une dizaine de scènes on ne sait plus ce qu'il est devenu. Si Dorimène reste sérieuse et raffinée, et ne se compromet pas, Dorante, lui, semble jouer à tous les niveaux de la comédie : on ne sait pas en vertu de quel passé commun Covielle lui dit « *la bête vous est connue* ». L'aristocrate est complice avec le valet. L'atmosphère fantaisiste s'élargit car à ce moment Dorante perd sa noirceur et gagne en familiarité.

L'apothéose de la comédie-ballet

Cinq entrées de ballet se succèdent sans que cela nuise à la cohérence de la comédie. À l'intérieur même du ballet et des couplets en sabir subsistent quelques répliques qui font le lien avec la pièce. Dès l'entrée de Covielle les sons commencent à prendre leur indépendance et à devenir comiques en eux-mêmes : son turc de fantaisie suscite l'admiration et le bonheur de M. Jourdain. Dans la cérémonie ce sont les rythmes, les assonances, les rimes, les échos, les parodies de mots qui font la base du comique. Le langage à la fois compréhensible et primaire qu'est le sabir permet à Molière de préserver l'argument de la pièce en donnant la priorité au geste.

ACTE V

SCÈNE PREMIÈRE. MADAME JOURDAIN, MONSIEUR JOURDAIN.

MADAME JOURDAIN. Ah ! mon Dieu ! miséricorde ! Qu'est-ce que c'est donc que cela ? Quelle figure ! Est-ce un momon[1] que vous allez porter, et est-il temps d'aller en masque ? Parlez donc, qu'est-ce que c'est que ceci ? Qui vous
5 a fagoté comme cela ?

MONSIEUR JOURDAIN. Voyez l'impertinente, de parler de la sorte à un *Mamamouchi* !

MADAME JOURDAIN. Comment donc ?

MONSIEUR JOURDAIN. Oui, il me faut porter du respect
10 maintenant, et l'on vient de me faire *Mamamouchi*.

MADAME JOURDAIN. Que voulez-vous dire avec votre *Mamamouchi* ?

MONSIEUR JOURDAIN. *Mamamouchi*, vous dis-je. Je suis *Mamamouchi*.

15 MADAME JOURDAIN. Quelle bête est-ce là ?

MONSIEUR JOURDAIN. *Mamamouchi*, c'est-à-dire, en notre langue, paladin.

MADAME JOURDAIN. Baladin ! Êtes-vous en âge de danser des ballets ?

---

1. **Momon** : un défi, au jeu de dés, que pendant le carnaval les gens masqués allaient porter de maison en maison.

20 MONSIEUR JOURDAIN. Quelle ignorante ! Je dis paladin ; c'est une dignité dont on vient de me faire la cérémonie.

MADAME JOURDAIN. Quelle cérémonie donc ?

MONSIEUR JOURDAIN. *Mahameta per Jordina.*

MADAME JOURDAIN. Qu'est-ce que cela veut dire ?

25 MONSIEUR JOURDAIN. *Jordina,* c'est-à-dire Jourdain.

MADAME JOURDAIN. Hé bien quoi, Jourdain ?

MONSIEUR JOURDAIN. *Voler far un paladina dé Jordina.*

MADAME JOURDAIN. Comment ?

MONSIEUR JOURDAIN. *Dar turbanta con galera.*

30 MADAME JOURDAIN. Qu'est-ce à dire cela ?

MONSIEUR JOURDAIN. *Per deffender Palestina.*

MADAME JOURDAIN. Que voulez-vous donc dire ?

MONSIEUR JOURDAIN. *Dara, dara, bastonnara.*

MADAME JOURDAIN. Qu'est-ce donc que ce jargon-là ?

35 MONSIEUR JOURDAIN. *Non tener honta, questa star l'ultima affronta.*

MADAME JOURDAIN. Qu'est-ce que c'est donc que tout cela ?

MONSIEUR JOURDAIN, *danse et chante Hou la ba, ba la*
40 *chou, ba la ba, ba la da. (Il tombe par terre.)*

MADAME JOURDAIN. Hélas ! mon Dieu, mon mari est devenu fou.

MONSIEUR JOURDAIN, *se relevant et sortant.* Paix, insolente ! portez respect à monsieur le *Mamamouchi.*

45 MADAME JOURDAIN, *seule*. Où est-ce qu'il a donc perdu
l'esprit ? Courons l'empêcher de sortir. *(Apercevant
Dorimène et Dorante.)* Ah ! ah ! voici justement le reste de
notre écu[1]. Je ne vois que chagrin de tous les côtés.
(Elle sort.)

SCÈNE 2. DORANTE, DORIMÈNE.

DORANTE. Oui, madame, vous verrez la plus plaisante chose
qu'on puisse voir ; et je ne crois pas que dans tout le monde
il soit possible de trouver encore un homme aussi fou que
celui-là ; et puis, madame, il faut tâcher de servir l'amour de
5 Cléonte et d'appuyer toute sa mascarade. C'est un fort galant
homme et qui mérite que l'on s'intéresse pour lui.

DORIMÈNE. J'en fais beaucoup de cas, et il est digne d'une
bonne fortune[2].

DORANTE. Outre cela, nous avons ici, madame, un ballet
10 qui nous revient, que nous ne devons pas laisser perdre, et il
faut bien voir si mon idée pourra réussir.

DORIMÈNE. J'ai vu là des apprêts magnifiques, et ce sont
des choses, Dorante, que je ne puis plus souffrir. Oui, je veux
enfin vous empêcher vos profusions ; et, pour rompre le cours
15 à toutes les dépenses que je vous vois faire pour moi, j'ai
résolu de me marier promptement avec vous. C'en est le vrai
secret, et toutes ces choses finissent avec le mariage.

DORANTE. Ah ! madame, est-il possible que vous ayez pu
prendre pour moi une si douce résolution ?

20 DORIMÈNE. Ce n'est que pour vous empêcher de vous

----

1. **Le reste de notre écu :** notre monnaie, le reste de ce qui nous revient.
2. **Bonne fortune :** destinée heureuse.

ruiner ; et sans cela je vois bien qu'avant qu'il fût peu vous n'auriez pas un sou.

Dorante. Que j'ai d'obligation, madame, aux soins que vous avez de conserver mon bien ! Il est entièrement à vous,
25 aussi bien que mon cœur, et vous en userez de la façon qu'il vous plaira.

Dorimène. J'userai bien de tous les deux. Mais voici votre homme : la figure[1] en est admirable.

Scène 3. Monsieur Jourdain, Dorante, Dorimène.

Dorante. Monsieur, nous venons rendre hommage, madame et moi, à votre nouvelle dignité, et nous réjouir avec vous du mariage que vous faites de votre fille avec le fils du Grand Turc.

5 Monsieur Jourdain, *après avoir fait les révérences à la turque[2].* . Monsieur, je vous souhaite la force des serpents et la prudence des lions.

Dorimène. J'ai été bien aise d'être des premières, monsieur, à venir vous féliciter du haut degré de gloire où
10 vous êtes monté.

Monsieur Jourdain. Madame, je vous souhaite toute l'année votre rosier fleuri ; je vous suis infiniment obligé de prendre part aux honneurs qui m'arrivent, et j'ai beaucoup de joie de vous voir revenue ici, pour vous faire les très
15 humbles excuses de l'extravagance de ma femme.

----

1. **Figure :** apparence extérieure.
2. **Révérences à la turque :** en s'inclinant et en portant la main droite vers le sol, puis à sa bouche et sur sa tête.

DORIMÈNE. Cela n'est rien ; j'excuse en elle un pareil mouvement : votre cœur lui doit être précieux, et il n'est pas étrange que la possession d'un homme comme vous puisse inspirer quelques alarmes.

20 MONSIEUR JOURDAIN. La possession de mon cœur est une chose qui vous est tout acquise.

DORANTE. Vous voyez, madame, que monsieur Jourdain n'est pas de ces gens que les prospérités aveuglent, et qu'il sait, dans sa gloire, connaître encore ses amis.

25 DORIMÈNE. C'est la marque d'une âme tout à fait généreuse.

DORANTE. Où est donc Son Altesse Turque ? Nous voudrions bien, comme vos amis, lui rendre nos devoirs.

MONSIEUR JOURDAIN. Le voilà qui vient, et j'ai envoyé quérir ma fille pour lui donner la main[1].

SCÈNE 4. CLÉONTE, *habillé en Turc*, COVIELLE, MONSIEUR JOURDAIN, etc.

DORANTE, *à Cléonte*. Monsieur, nous venons faire la révérence à Votre Altesse comme amis de monsieur votre beau-père, et l'assurer avec respect de nos très humbles services.

5 MONSIEUR JOURDAIN. Où est le truchement[2] pour lui dire qui vous êtes et lui faire entendre ce que vous dites ? Vous verrez qu'il vous répondra ; et il parle turc à merveille. Holà ! où diantre est-il allé ? *(À Cléonte.) Strouf, strif, strof, straf.*

----

1. **Lui donner la main** : l'épouser. C'est un geste par lequel on engage sa parole.
2. **Truchement** : mot d'origine arabe, qui désigne l'interprète.

Monsieur est un *grande segnore, grande segnore, grande*
10 *segnore* ; et, madame, une *granda dama, granda dama.*
(Voyant qu'il ne se fait point entendre.) Ahi ! (À Cléonte,
montrant Dorante.) Lui monsieur, lui *Mamamouchi* français
et madame, *Mamamouchie* française. Je ne puis pas parler
plus clairement. Bon ! voici l'interprète.

SCÈNE 5. MONSIEUR JOURDAIN, DORIMÈNE, DORANTE, CLÉONTE, *en Turc*, COVIELLE, *déguisé.*

MONSIEUR JOURDAIN. Où allez-vous donc ? Nous ne
saurions rien dire sans vous. *(Montrant Cléonte.)* Dites-lui un
peu que monsieur et madame sont des personnes de grande
qualité qui lui viennent faire la révérence comme mes amis,
5 et l'assurer de leurs services. *(À Dorimène et à Dorante.)*
Vous allez voir comme il va répondre.

COVIELLE. *Alabala crociam acci boram alabamen.*

CLÉONTE. *Catalequi tubal ourin soter amalouchan.*

MONSIEUR JOURDAIN, *à Dorimène et à Dorante.* Voyez-
10 vous ?

COVIELLE. Il dit que la pluie des prospérités arrose en tout
temps le jardin de votre famille.

MONSIEUR JOURDAIN. Je vous l'avais bien dit, qu'il parle
turc !

15 DORANTE. Cela est admirable.

Repères

• Pourquoi Mme Jourdain n'apparaît-elle pas pendant la turquerie ? Son personnage cadre-t-il avec la fantaisie de la farce ?
• Le retour de Dorimène est-il attendu ?
• Que préparent ces scènes où tous les personnages se retrouvent ?

Observation

• Étudiez le contraste entre l'attitude de M. Jourdain et celle de sa femme dans la scène 1. Mme Jourdain a-t-elle de l'assurance au début ? à la fin ? M. Jourdain lui donne-t-il des explications ?
• Les données nouvelles dans le comportement de Dorante : le savait-on ami de Cléonte ? Il s'amuse de la folie du bourgeois et l'offre en spectacle à Dorimène : pourquoi ne semble-t-il plus songer à l'exploiter ?
• Quelle fonction remplit la phrase : « *nous avons un ballet qui nous revient* » ?
• Dorimène a-t-elle deviné les ruses de Dorante ?
• Dorante et Dorimène entrent dans le jeu de M. Jourdain : montrez qu'ils prennent plaisir à jouer un rôle dans la farce.
• Qu'est-ce qui est comique dans le langage de M. Jourdain ? De quoi s'inspire-t-il ? Sa mémoire est-elle fidèle ? Sa révérence est-elle aussi ridicule que la précédente ? Donne-t-il toujours l'impression d'être maladroit ?

Interprétations

• Le Mamamouchi : M. Jourdain est-il changé par sa nouvelle dignité ? Se sent-il toujours ignorant et gauche ? Se sent-il toujours inférieur à Dorante ? Pourquoi parle-t-il turc et danse-t-il ? Quelle atmosphère son bonheur évident donne-t-il à la pièce ?
• Analysez les compliments qu'il fait, et ceux que Covielle « traduit ». Sur quels procédés sont-ils construits ? Qu'est-ce qu'une métaphore ? Dorante aussi, pour parler de cuisine, employait des métaphores : lesquelles ? (acte IV, scène 1.)

Scène 6. Lucile, Monsieur Jourdain, Dorante, Dorimène, Cléonte, Covielle.

MONSIEUR JOURDAIN. Venez, ma fille ; approchez-vous, et venez donner votre main à monsieur, qui vous fait l'honneur de vous demander en mariage.

LUCILE. Comment ! mon père, comme vous voilà fait ! Est-
5 ce une comédie que vous jouez ?

MONSIEUR JOURDAIN. Non, non, ce n'est pas une comédie, c'est une affaire fort sérieuse, et la plus pleine d'honneur pour vous qui se peut souhaiter. *(Montrant Cléonte.)* Voilà le mari que je vous donne.

10 LUCILE. À moi, mon père ?

MONSIEUR JOURDAIN. Oui, à vous. Allons, touchez-lui dans la main, et rendez grâces au ciel de votre bonheur.

LUCILE. Je ne veux point me marier.

MONSIEUR JOURDAIN. Je le veux, moi, qui suis votre père.

15 LUCILE. Je n'en ferai rien.

MONSIEUR JOURDAIN. Ah ! que de bruit ! Allons, vous dis-je. Çà, votre main.

LUCILE. Non, mon père, je vous l'ai dit, il n'est point de pouvoir qui me puisse obliger à prendre un autre mari que
20 Cléonte ; et je me résoudrai plutôt à toutes les extrémités que de... *(Reconnaissant Cléonte.)* Il est vrai que vous êtes mon père, je vous dois entière obéissance ; et c'est à vous à disposer de moi selon vos volontés.

MONSIEUR JOURDAIN. Ah ! je suis ravi de vous voir si
25 promptement revenue dans votre devoir ; et voilà qui me plaît d'avoir une fille obéissante.

SCÈNE 7. MADAME JOURDAIN, MONSIEUR JOURDAIN, CLÉONTE, LUCILE, DORANTE, DORIMÈNE, COVIELLE.

MADAME JOURDAIN. Comment donc ? qu'est-ce que c'est que ceci ? On dit que vous voulez donner votre fille en mariage à un carême-prenant ?

MONSIEUR JOURDAIN. Voulez-vous vous taire, imperti-
5 nente ? Vous venez toujours mêler vos extravagances à toutes choses, et il n'y a pas moyen de vous apprendre à être raisonnable.

MADAME JOURDAIN. C'est vous qu'il n'y a pas moyen de rendre sage, et vous allez de folie en folie. Quel est votre
10 dessein, et que voulez-vous faire avec cet assemblage ?

MONSIEUR JOURDAIN. Je veux marier notre fille avec le fils du Grand Turc.

MADAME JOURDAIN. Avec le fils du Grand Turc ?

MONSIEUR JOURDAIN, *montrant Covielle*. Oui. Faites-lui
15 faire vos compliments par le truchement que voilà.

MADAME JOURDAIN. Je n'ai que faire de truchement, et je lui dirai bien moi-même, à son nez, qu'il n'aura point ma fille.

MONSIEUR JOURDAIN. Voulez-vous vous taire, encore une
20 fois ?

DORANTE. Comment ! madame Jourdain, vous vous opposez à un honneur comme celui-là ? Vous refusez Son Altesse Turque pour gendre ?

MADAME JOURDAIN. Mon Dieu, monsieur, mêlez-vous de
25 vos affaires.

DORIMÈNE. C'est une grande gloire, qui n'est pas à rejeter.

MADAME JOURDAIN. Madame, je vous prie aussi de ne vous point embarrasser de ce qui ne vous touche pas.

DORANTE. C'est l'amitié que nous avons pour vous qui
30 nous fait intéresser dans vos avantages [1].

MADAME JOURDAIN. Je me passerai bien de votre amitié.

DORANTE. Voilà votre fille qui consent aux volontés de son père.

MADAME JOURDAIN. Ma fille consent à épouser un Turc ?

35 DORANTE. Sans doute.

MADAME JOURDAIN. Elle peut oublier Cléonte ?

DORANTE. Que ne fait-on pas pour être grand'dame ?

MADAME JOURDAIN. Je l'étranglerais de mes mains, si elle avait fait un coup comme celui-là.

40 MONSIEUR JOURDAIN. Voilà bien du caquet. Je vous dis que ce mariage-là se fera.

MADAME JOURDAIN. Je vous dis, moi, qu'il ne se fera point.

MONSIEUR JOURDAIN. Ah ! que de bruit !

LUCILE. Ma mère !

45 MADAME JOURDAIN. Allez, vous êtes une coquine.

MONSIEUR JOURDAIN, *à Mme Jourdain.* Quoi ! vous la querellez de ce qu'elle m'obéit ?

---

1. **Qui nous fait ... avantages** : qui nous donne de l'intérêt pour ce qui peut être un avantage pour vous.

MADAME JOURDAIN. Oui, elle est à moi aussi bien qu'à vous.

50 COVIELLE, *à Mme Jourdain*. Madame !

MADAME JOURDAIN. Que me voulez-vous conter, vous ?

COVIELLE. Un mot.

MADAME JOURDAIN. Je n'ai que faire de votre mot.

COVIELLE, *à M. Jourdain*. Monsieur, si elle veut écouter une
55 parole en particulier, je vous promets de la faire consentir à ce que vous voulez.

MADAME JOURDAIN. Je n'y consentirai point.

COVIELLE. Écoutez-moi seulement.

MADAME JOURDAIN. Non.

60 MONSIEUR JOURDAIN, *à Mme Jourdain*. Écoutez-le.

MADAME JOURDAIN. Non, je ne veux pas écouter.

MONSIEUR JOURDAIN. Il vous dira...

MADAME JOURDAIN. Je ne veux point qu'il me dise rien.

MONSIEUR JOURDAIN. Voilà une grande obstination de
65 femme ! Cela vous fera-t-il mal de l'entendre ?

COVIELLE. Ne faites que m'écouter, vous ferez après ce qu'il vous plaira.

MADAME JOURDAIN. Hé bien, quoi ?

COVIELLE, *à part à Mme Jourdain*. Il y a une heure, madame,
70 que nous vous faisons signe. Ne voyez-vous pas bien que tout ceci n'est fait que pour nous ajuster aux visions de votre mari, que nous l'abusons sous ce déguisement, et que c'est Cléonte lui-même qui est le fils du Grand Turc ?

MADAME JOURDAIN, *bas à Covielle*. Ah ! ah !

75 COVIELLE, *bas à Mme Jourdain*. Et moi, Covielle, qui suis le truchement.

MADAME JOURDAIN, *bas à Covielle*. Ah ! comme cela je me rends.

COVIELLE, *bas à Mme Jourdain*. Ne faites pas semblant
80 de rien[1].

MADAME JOURDAIN, *haut*. Oui, voilà qui est fait, je consens au mariage.

MONSIEUR JOURDAIN. Ah ! voilà tout le monde raisonnable. *(À Mme Jourdain.)* Vous ne vouliez pas l'écouter.
85 Je savais bien qu'il vous expliquerait ce que c'est que le fils du Grand Turc.

MADAME JOURDAIN. Il me l'a expliqué comme il faut, et j'en suis satisfaite. Envoyons quérir un notaire.

DORANTE. C'est fort bien dit. Et afin, madame Jourdain,
90 que vous puissiez avoir l'esprit tout à fait content, et que vous perdiez aujourd'hui toute la jalousie que vous pourriez avoir conçue de monsieur votre mari, c'est que nous nous servirons du même notaire pour nous marier, madame et moi.

MADAME JOURDAIN. Je consens aussi à cela.

95 MONSIEUR JOURDAIN, *bas à Dorante*. C'est pour lui faire accroire[2] ?

DORANTE, *bas à M. Jourdain*. Il faut bien l'amuser avec cette feinte.

----

1. **Ne faites pas semblant de rien :** faites comme si de rien n'était.
2. **Lui faire accroire :** la tromper.

MONSIEUR JOURDAIN, *bas.* Bon, bon ! *(Haut.)* Qu'on aille
100 vite quérir le notaire.

DORANTE.   Tandis qu'il viendra et qu'il dressera les contrats,
voyons notre ballet, et donnons-en le divertissement à Son
Altesse Turque.

MONSIEUR JOURDAIN.   C'est fort bien avisé. Allons prendre
105 nos places.

MADAME JOURDAIN.   Et Nicole ?

MONSIEUR JOURDAIN.   Je la donne au truchement ; et ma
femme, à qui la voudra.

COVIELLE.   Monsieur, je vous remercie. *(À part.)* Si l'on en
110 peut voir un plus fou, je l'irai dire à Rome.
(La comédie finit par un ballet qui avait été préparé.)

REPÈRES

• Comment appelle-t-on la dernière scène d'une pièce de théâtre ? Quel événement caractéristique des fins heureuses survient ici ?
• La surprise de Lucile fait écho à une autre : laquelle ?
• Dans la dernière scène le ballet paraît-il organisé pour les personnages de la comédie ou pour les spectateurs ?

OBSERVATION

• Pourquoi Lucile croit-elle être tout de suite dans une comédie ?
• Étudiez la tirade où Lucile change d'avis : imaginez l'expression de son visage. Est-elle obéissante ? Comment s'est-elle conduite jusque-là ? M. Jourdain se méfie-t-il ?
• L'indignation de Mme Jourdain répète celle de Lucile : la répétition est-elle un procédé comique ?
• Dorante intervient dans la discussion, mais peut-il être cru par Mme Jourdain ? Pour quelle raison ?
• Par quoi Mme Jourdain est-elle le plus surprise au milieu de la scène 7 ? Doute-t-elle de sa fille ?
• Deux fois M. Jourdain prononce la même réplique – après les propos de Lucile, et après ceux de sa femme : laquelle ? Est-ce un argument, exerce-t-il une véritable autorité ?
• Scène 7, l. 87-88 : expliquez le double sens de la réponse de Mme Jourdain. Grâce à quelle ruse M. Jourdain admet-il le mariage de Dorante et Dorimène ?

INTERPRÉTATIONS

• Mme Jourdain : quel rôle joue-t-elle dans toutes les scènes où elle apparaît ? Comment Molière exploite-t-il son caractère ? Pourquoi Molière fait-il en sorte qu'elle s'obstine longtemps, alors que tous les autres sont d'accord ?
• Beaucoup de dénouements dans les pièces de Molière se réalisent grâce à un ou à plusieurs mariages : connaissez-vous d'autres pièces où cela se produit ? Les trois mariages vous paraissent-ils artificiels ou sont-ils bien amenés ?

Ballet des nations

Première entrée

Un homme vient donner les livres du ballet, qui d'abord est fatigué[1] par une multitude de gens de provinces différentes qui crient en musique pour en avoir, et par trois importuns qu'il trouve toujours sur ses pas.

DIALOGUE DES GENS
qui, en musique, demandent des livres.

TOUS
À moi, monsieur, à moi, de grâce, à moi, monsieur :
Un livre, s'il vous plaît, à votre serviteur.

HOMME DU BEL AIR[2]
Monsieur, distinguez-nous parmi les gens qui crient.
Quelques livres ici ; les dames vous en prient.

AUTRE HOMME DU BEL AIR
5 Holà, monsieur ! Monsieur, ayez la charité
D'en jeter de notre côté.

FEMME DU BEL AIR
Mon Dieu, qu'aux personnes bien faites[3]
On sait peu rendre honneur céans !

AUTRE FEMME DU BEL AIR
Ils n'ont des livres et des bancs
10 Que pour mesdames les grisettes[4].

---

1. **D'abord est fatigué** : tout de suite importuné, ennuyé.
2. **Du bel air** : aux belles manières.
3. **Bien faites** : bien mises, bien habillées (distinguées).
4. **Grisettes** : femmes coquettes, mais de condition sociale inférieure.

Gascon

Aho ! l'homme aux livres, qu'on m'en vaille [1],
J'ay déjà le poumon usé ;
Bous voyez qué chacun mé raille,
Et je suis escandalisé
15 De boir ès mains de la canaille
Ce qui m'est par bous refusé.

Autre Gascon

Eh ! cadédis [2], monseu, boyez qui l'on put être ;
Un libret, je bous prie, au varon d'Asbarat.
Jé pensé, mordi ! que le fat
20 N'a pas l'honnur dé mé connaître.

Le Suisse

Mon'siur le donneur de papieir,
Que veul dire sti façon de fifre [3] ?
Moi l'écorchair tout mon gosieir
À crieir,
25 Sans que je pouvre afoir ein lifre ;
Pardi, mon foi, mon'siur, je pense fous l'être ifre.

*Le donneur de livres, fatigué par les importuns qu'il trouve
toujours sur ses pas, se retire en colère.*

Vieux bourgeois babillard

De tout ceci, franc et net,
30 Je suis mal satisfait ;
Et cela sans doute est laid
Que notre fille,
Si bien faite et si gentille,
De tant d'amoureux l'objet,
35 N'ait pas à son souhait
Un livre de ballet,
Pour lire le sujet

----

1. **Vaille** : baille, donne. Molière pour se moquer du parler gascon remplace
le b par le v.
2. **Cadédis** : juron gascon.
3. **Fifre** : vivre. Façon usuelle de parodier les accents germaniques.

Du divertissement qu'on fait,
Et que toute notre famille
40 Si proprement s'habille,
Pour être placée au sommet
De la salle, où l'on met
Les gens de Lantriguet[1] :
De tout ceci, franc et net,
45 Je suis mal satisfait,
Et cela sans doute est laid.

VIEILLE BOURGEOISE BABILLARDE

Il est vrai que c'est une honte,
Le sang au visage me monte,
Et ce jeteur de vers qui manque au capital[2],
50 L'entend fort mal ;
C'est un brutal,
Un vrai cheval,
Franc animal,
De faire si peu de compte
55 D'une fille qui fait l'ornement principal
Du quartier du Palais-Royal,
Et que ces jours passés un comte
Fut prendre la première au bal.
Il l'entend mal,
60 C'est un brutal,
Un vrai cheval,
Franc animal.

HOMMES ET FEMMES DU BEL AIR

Ah ! quel bruit !

       Quel fracas !

65   Quel chaos !

                    Quel mélange !

Quelle confusion !

----

1. **Les gens de Lantriguet** : les gens de Tréguier, en breton.
2. **Au capital** : à l'essentiel.

Quelle cohue étrange !

Quel désordre !

70   Quel embarras !

On y sèche.

L'on n'y tient pas.

GASCON

Bentre ! je suis à vout.

AUTRE GASCON

J'enragé, Diou mé damne.

SUISSE

75 Ah ! que l'y faire saif dans sti sal de cians.

GASCON

Jé murs.

AUTRE GASCON

Jé perds la tramontane[1].

SUISSE

Mon foi, moi, je foudrais être hors de dedans.

VIEUX BOURGEOIS BABILLARD

Allons, ma mie,

80 Suivez mes pas,

Je vous en prie.

Et ne me quittez pas,

On fait de nous trop peu de cas,

Et je suis las

85 De ce tracas :

Tout ce fatras,

Cet embarras,

Me pèse par trop sur les bras.

S'il me prend jamais envie

90 De retourner de ma vie

À ballet ni comédie,

Je veux bien qu'on m'estropie.

---

1. **Perdre la tramontane :** perdre le nord (la Tramontane désigne l'étoile Polaire).

Allons, ma mie,
Suivez mes pas,
95 Je vous en prie,
Et ne me quittez pas,
On fait de nous trop peu de cas.

VIEILLE BOURGEOISE BABILLARDE
Allons, mon mignon, mon fils[1],
Regagnons notre logis,
100 Et sortons de ce taudis[2]
Où l'on ne peut être assis ;
Ils seront bien ébaubis
Quand ils nous verront partis.
Trop de confusion règne dans cette salle,
105 Et j'aimerais mieux être au milieu de la halle ;
Si jamais je reviens à semblable régale[3],
Je veux bien recevoir des soufflets plus de six[4].
Allons, mon mignon, mon fils,
Regagnons notre logis,
110 Et sortons de ce taudis
Où l'on ne peut être assis.

TOUS
À moi, monsieur, à moi, de grâce, à moi, monsieur :
Un livre, s'il vous plaît, à votre serviteur.

1. **Mon fils :** terme affectueux désignant son mari.
2. **Taudis :** abri précaire, endroit protégé par un auvent.
3. **Régale :** festin (ici ironique pour désigner le spectacle).
4. **Des soufflets plus de six :** plus de six gifles.

DEUXIÈME ENTRÉE

Les trois importuns dansent.

TROISIÈME ENTRÉE

Trois Espagnols chantent.
PREMIER ESPAGNOL, *chantant.*
TEXTE

Sé que me muero de amor,
Y solicito el dolor.
A un muriendo de querer
De tan buen ayre adolezco,
5 Que es mas de lo que padezco
Lo que quiero padecer,
Y no pudiento exceder
A mi deseo el rigor.
Sé que me muero de amor,
10 Y solicito el dolor.
Lisonxeame la suerte
Con piedad tan advertida,
Que me assegura la vida
En el riesgo de la muerte.
15 Vivir de su golpe fuerte
Es de mi salud primor.
Sé que me muero de amor,
Y solicito el dolor.

Danse de six Espagnols, après laquelle deux autres Espagnols dansent encore ensemble.
PREMIER ESPAGNOL, *chantant.*
Ay ! que locura, con tanto rigor
20 Quexarce de Amor,
Del nino bonito
Que todo es dulçura

DEUXIÈME ENTRÉE

Les trois importuns dansent.

TROISIÈME ENTRÉE

Trois Espagnols chantent.
PREMIER ESPAGNOL, *chantant.*

TRADUCTION

Je sais que je meurs d'amour,
Et je recherche la douleur.
Quoique mourant de désir,
Je dépéris de si bon air
5 Que ce que je désire souffrir,
Est plus que ce que je souffre ;
Et la rigueur de mon mal
Ne peut excéder mon désir.
Je sais que je meurs d'amour,
10 Et je recherche la douleur.
Le sort me flatte
Avec une pitié si attentive
Qu'il m'assure la vie
Dans le danger et dans la mort.
15 Vivre d'un coup si fort
Est le prodige de mon salut.
Je sais que je meurs d'amour,
Et je recherche la douleur.

*Danse de six Espagnols, après laquelle deux autres
Espagnols dansent encore ensemble.*

PREMIER ESPAGNOL, *chantant.*
Ah ! Quelle folie de se plaindre
20 Si fort de l'Amour ;
De l'enfant gentil
Qui est la douceur même !

Ay ! que locura !
Ay ! que locura !

DEUXIÈME ESPAGNOL, *chantant.*

25 El dolor solicita,
El que al dolor se da,
Y nadie de amor muere
Sino quien no save amar.

PREMIER ET DEUXIÈME ESPAGNOLS, *chantant.*

Duelce muerte es el amor
30 Con correspondencia igual,
Y si esta gozamos hoy
Porque la quieres turbar ?

PREMIER ESPAGNOL, *chantant.*

Alegrese enamorado
Y tome mi parecer,
35 Que en esto de querer
Todo es hallar el vado.

TOUS TROIS ENSEMBLE

Vaya, vaya de fiestas !
Vaya de vayle !
Alegria, alegria, alegria !
40 Que esto de dolor es fantasia !

QUATRIÈME ENTRÉE

ITALIENS

UNE MUSICIENNE ITALIENNE *fait le premier récit*
dont voici les paroles.

Di rigori armata il seno
Contro Amor mi ribellai,
Ma fui vinta in un baleno
In mirar due vaghi rai.
5 Ahi ! che resiste puoco
Cor di gelo a stral di fuoco !
Ma si caro è 'l mio tormento,

Ah ! Quelle folie !
Ah ! Quelle folie !

DEUXIÈME ESPAGNOL, *chantant.*
25 La douleur tourmente
Celui qui s'abandonne à la douleur ;
Et personne ne meurt d'amour,
Si ce n'est celui qui ne sait pas aimer.

PREMIER ET DEUXIÈME ESPAGNOLS, *chantant.*
L'amour est une douce mort,
30 Quand on est payé de retour ;
Et nous en jouissons aujourd'hui,
Pourquoi la veux-tu troubler ?

PREMIER ESPAGNOL, *chantant.*
Que l'amant se réjouisse
Et adopte mon avis ;
35 Car, lorsqu'on désire,
Tout est de trouver le moyen.

TOUS TROIS ENSEMBLE
Allons ! Allons ! Des fêtes !
Allons ! De la danse !
Gai, gai, gai !
40 La douleur n'est qu'imagination !

QUATRIÈME ENTRÉE

ITALIENS

UNE MUSICIENNE ITALIENNE *fait le premier récit
dont voici les paroles.*

Ayant armé mon sein de rigueurs,
En un clin d'œil je me révoltai contre l'Amour ;
Mais je fus vaincue
En regardant deux beaux yeux.
5 Ah ! Qu'un cœur de glace
Résiste peu à une flèche de feu.
Cependant mon tourment m'est si cher,

Dolce è si la piaga mia,
Ch' il penare è 'l mio contento,
10 E 'l sanarmi è tirannia.
Ahi ! che più giova e piace
Quanto amor è più vivace !

Après l'air que la musicienne a chanté, deux Scaramouches,
deux Trivelins et un Arlequin représentent une nuit à la
manière des comédiens italiens, en cadence.
Un musicien italien se joint à la musicienne italienne et
chante avec elle les paroles qui suivent :

TEXTE

LE MUSICIEN ITALIEN

Bel tempo che vola
Rapisce il contento ;
D'Amor ne la scola
Si coglie il momento.

LA MUSICIENNE

5 Insin che florida
Ride l' età
Che pur tropp' horrida
Da noi sen và.

TOUS DEUX

Sù cantiamo,
10 Sù godiamo,
Ne' bei di di gioventù :
Perduto ben non si racquista più.

LE MUSICIEN

Pupilla ch'e vaga
Mill' alm incatena,
15 Fà dolce la piaga,
Felice la pena.

LA MUSICIENNE

Ma poiche frigida
Langue l'età

Et ma plaie m'est si douce,
20 Que ma peine fait mon bonheur,
Et que me guérir serait une tyrannie.
Ah ! Plus l'amour est vif,
Plus il y a de joie et de plaisir.

Après l'air que la musicienne a chanté, deux Scaramouches,
deux Trivelins et un Arlequin représentent une nuit à la
manière des comédiens italiens, en cadence.
Un musicien italien se joint à la musicienne italienne et
chante avec elle les paroles qui suivent :

TRADUCTION

LE MUSICIEN ITALIEN
Le beau temps qui s'envole
Emporte le plaisir ;
À l'école d'Amour
mOn apprend à profiter du moment.

LA MUSICIENNE
5 Tant que rit
L'âge fleuri,
Qui trop promptement, hélas !
S'éloigne de nous.

TOUS DEUX
Chantons,
10 Jouissons,
Dans les beaux jours de la jeunesse :
Un bien perdu ne se recouvre plus.

LE MUSICIEN
Un bel œil
mEnchaîne mille cœurs ;
15 Ses blessures sont douces ;
me mal qu'il cause est un bonheur.

LA MUSICIENNE
Mais quand languit
L'âge glacé,

Più l'alma rigida
20 Fiamme non hà.

TOUS DEUX

Sù cantiamo,
Sù godiamo,
Ne' bei di di gioventù :
Perduto ben non si racquista più.

Bello Sguardo et Coviello *(danseurs bouffons
de la commedia dell'arte). Gravure de Jacques Callot (1592-1635).
Cabinet des Estampes, Bibliothèque nationale.*

25 L'âme engourdie
N'a plus de feux.

TOUS DEUX

Chantons,
Jouissons,
Dans les beaux jours de la jeunesse :
30 Un bien perdu ne se recouvre plus.

Après le dialogue italien, les Scaramouches et Trivelins[1]
dansent une réjouissance.

CINQUIÈME ENTRÉE

FRANÇAIS

Deux musiciens poitevins dansent et chantent
les paroles qui suivent.

PREMIER MENUET

PREMIER MUSICIEN
Ah ! qu'il fait beau dans ces bocages !
Ah ! que le ciel donne un beau jour !

AUTRE MUSICIEN
Le rossignol, sous ces tendres feuillages,
Chante aux échos son doux retour.
5 Ce beau séjour,
Ces doux ramages,
Ce beau séjour,
Nous invite à l'amour.

DEUXIÈME MENUET

TOUS DEUX ENSEMBLE
Vois ma Climène,
10 Vois, sous ce chêne

----

1. **Scaramouches et Trivelins** : personnages de la comédie italienne.

S'entrebaiser ces oiseaux amoureux.
Ils n'ont rien dans leurs vœux
Qui les gêne,
De leurs doux feux
15 Leur âme est pleine.
Qu'ils sont heureux !
Nous pouvons tous deux,
Si tu le veux,
Être comme eux.

Six autres Français viennent après, vêtus galamment à la poitevine, trois en hommes et trois en femmes, accompagnés de huit flûtes et de hautbois, et dansent les menuets.

SIXIÈME ENTRÉE

Tout cela finit par le mélange des trois nations et les applaudissements en danse et en musique de toute l'assistance, qui chante les deux vers qui suivent :

Quels spectacles charmants, quels plaisirs goûtons-nous !
Les dieux mêmes, les dieux n'en ont point de plus doux.

J. B. P. de Molière

Une comédie sans morale

Le théâtre étant mal vu au XVIIᵉ siècle, les auteurs se justifiaient par le fait qu'il dénonçaient les vices dans leurs pièces. Or Molière à la fin du *Bourgeois gentilhomme* semble oublier totalement ce devoir moral : le bourgeois n'est pas puni de sa folie, Dorante n'est pas démasqué, il gagne même ce qu'il a cherché à obtenir par tant de mauvais procédés. Les « bons » personnages n'ont que ce qu'ils auraient dû avoir plus tôt si M. Jourdain ne les en avait pas empêchés. C'est un cas assez rare dans la comédie de Molière : Tartuffe le fourbe, Dom Juan l'hypocrite sont punis. Mais il est vrai qu'ils touchent à des problèmes plus graves : ils remettent en question les rapports de l'homme et de Dieu. Les préoccupations de M. Jourdain sont uniquement de nature sociale.

Un personnage qui suscite la joie

Tout au long de la comédie, le défaut de M. Jourdain suscite le rire : Mᵐᵉ Jourdain est la seule à qui il puisse nuire. Il égaie les autres, parfois leur apporte de l'argent, de l'activité. Lui-même au cinquième acte semble emporté par une sorte de délire de joie : il en tombe par terre (scène 1). La comédie qui s'improvise se fait autour de lui. Et c'est encore lui qui finance le ballet que tout le monde veut voir. Le ballet, en trois langues, invite à l'amour, et par sa dernière réplique, où il « *donne* » Nicole au truchement et sa femme à qui la voudra, M. Jourdain semble en faire autant. Il est le contraire de l'avare, « bourreau de soi-même », il est le naïf qui obtient ce qu'il veut à force de folie.

Où est la scène, où est la salle ?

Tous les personnages sauf M. Jourdain sont conscients, dans l'acte V, de jouer la comédie. En revanche, dans le ballet, les premiers acteurs sont censés être des spectateurs : Molière aime mélanger la scène et la salle, la comédie et la réalité. C'est d'abord une façon d'installer la joie partout. C'est carnaval : sous le masque des « *carêmes-prenants* » les rôles s'inversent. Chacun peut participer à la fête, comme dans le dénouement de la comédie. Mais c'est aussi une façon de montrer que la réalité, comme le théâtre, est une illusion : les apparences y jouent un grand rôle (M. Jourdain l'a bien compris). Un peu de fantaisie suffit à la rendre gaie. C'est aussi le message de l'Espagnol du ballet « *la douleur n'est qu'imagination* ».

Comment lire l'œuvre

L'action
Actes I et II : les sketches

• Le rôle des chansons vous apparaît-il important ou non dans l'acte I ?

Acte I	Nombre de personnages en scène	Acteurs principaux
Scène 1	11	Maître de musique, maître à danser
Scène 2	14	Les mêmes, M. Jourdain
INTERMÈDE		
Acte II		
Scène 1	4	Les mêmes
Scène 2	5	Les mêmes et le maître d'armes
Scène 3	6	Les mêmes et le maître de philosophie
Scène 4	4	M. Jourdain, maître de philosophie
Scène. 5	5	M. Jourdain, maître tailleur
INTERMÈDE		

• Que pouvez-vous en déduire sur la façon dont Molière pratique la comédie-ballet ?
• Observez le nombre des personnages en scène dans l'acte II : quel effet Molière vise-t-il ?

Intrigue	Sujet de la scène	Musique et danse
	Discussion sur M. Jourdain, riche mais sans goût	En préparation
	M. Jourdain et la musique	Dialogue de deux musiciens. Chanson de M. Jourdain
		Ballet : 4 danseurs
Une fête sera donnée le soir	M. Jourdain et la danse	La menuet, la révérence
	Leçon d'escrime et querelle des maîtres	
	Suite de la querelle	
M. Jourdain est amoureux	M. Jourdain apprend les voyelles et soumet son billet doux	
	Un habit de personne de qualité	
		Ballet : 4 danseurs

Acte III : le nœud de l'intrigue

• Comment apprend-on ce qui fait le centre de l'intrigue ?
Molière l'expose-t-il en une tirade ?

Acte III	Nombre de personnages en scène	Acteurs principaux
Scènes 1-2	3-4	M. Jourdain, Nicole
Scène 3	5	Les mêmes et Mme jourdain
Scènes 4-5	4-3	Les mêmes et Dorante
Scène 6	4	Les mêmes
Scène 7	2	Mme Jourdain, Nicole
Scènes 8-9	3-2	Cléonte, Covielle
Scène 10	4	Cléonte, Lucile, Covielle, Nicole
Scènes 11-12	5-6	M. et Mme Jourdain, Cléonte, Lucile
Scènes 13-14	5-2	Cléonte, Covielle
Scènes 15-16	1-2	M. Jourdain
Scènes 17-18	3-2	Dorante, Dorimène
Scènes 19-20	3-4	M. Jourdain, Dorante, Dorimène
INTERMÈDE		

Les événements vous paraissent-ils arriver naturellement ?
• Pourquoi à votre avis le ballet joue-t-il un moindre rôle dans cet acte ?

Intrigue	Sujet de la scène	Musique et danse
	Hilarité de Nicole devant l'habit de M. Jourdain	
M. Jourdain prête de l'argent à un comte ; sa fille est à marier	Reproches de Mᵐᵉ Jourdain	
	Dorante emprunte de l'argent à M. Jourdain	
Dorimène accepte le diamant, elle vient le soir	Quelque chose se trame entre M. Jourdain et Dorante	
Mᵐᵉ Jourdain veut Cléonte pour gendre	Nicole chargée d'une commission	
Lucile et Cléonte s'aiment	Dépit amoureux	
	Double scène de reproches	
M. Jourdain refuse Cléonte	M. Jourdain veut faire sa fille marquise	
Covielle a l'idée d'une ruse	Tristesse de Cléonte	
Une dame arrive	Réflexion de M. Jourdain	
Dorante veut épouser Dorimène	Dorimène redoute que Dorante ne se ruine pour elle	
Dorante a offert le diamant en son propre nom	Présentation et révérence	
		Ballet : 6 cuisiniers

Actes IV et V : la farce

• La cérémonie turque et le ballet des nations sont-ils bien intégrés dans l'action ? Justifiez votre réponse.

Acte IV	Nombre de personnages en scène	Acteurs principaux
Scène 1	7	M. Jourdain, Dorante, Dorimène
Scènes 2-3	8-3	Les mêmes et Mme Jourdain
Scènes 4-5	1-3	M. Jourdain, Covielle
Scène 6	6	Les mêmes et Cléonte
Scènes 7-8	1 - 2	Covielle, Dorante
Cérémonie turque	Au moins 12	M. Jourdain, les « Turcs »
Acte V		
Scène 1	2	Mme Jourdain, M. Jourdain
Scène 2	2	Dorante, Dorimène
Scène 3	3	Les mêmes et M. Jourdain
Scènes 4-5	4-5	Les mêmes et Cléonte, Covielle
Scène 6	6	Les mêmes et Lucile
Scène 7	7	Les mêmes et Mme Jourdain
Ballet des nations	Au moins 33	

• Observez le nombre des personnages dans l'acte V : imaginez à travers cela quel effet peut faire la fin de la pièce au théâtre ?

Intrigue	Sujet de la scène	Musique et danse
M. Jourdain tente de séduire Dorimène	Le dîner, galanterie de M. Jourdain	Deux chansons à boire
Mme Jourdain surgit	Reproches de Mme Jourdain	
Le fils du Grand Turc veut épouser Lucile	Covielle berne M. Jourdain	
	M. Jourdain rencontre Cléonte en fils du Grand Turc	
Dorante apprend la ruse	Conversation de Dorante et Covielle	
	M. Jourdain est fait Mamamouchi	5 entrées de ballet : chants et danses des « Turcs »
Mme Jourdain ne comprend rien	M. Jourdain parle turc devant sa femme	Danse et chute de M. Jourdain
Dorimène va épouser Dorante	Dorimène revient	
	M. Jourdain est félicité	
	Présentation de Cléonte en Turc	
Lucile refuse puis accepte d'épouser Cléonte, déguisé	M. Jourdain fait preuve d'autorité	
Les deux mariages se font	On persuade Mme Jourdain de rentrer dans le jeu	
Ballet		Dialogue en musique : 6 entrées de ballet

Les personnages

Monsieur Jourdain

« Plût à Dieu l'avoir tout à l'heure, le fouet, devant tout le monde, et savoir ce qu'on apprend au collège. »

Acte III, scène 3.

« Si l'on en peut voir un plus fou, je l'irai dire à Rome. »

Covielle, acte V, scène 7.

« L'épaisseur de son ridicule est énorme, et jamais rien dans son attitude n'inspire le dégoût. »

P. Brisson, *Molière*, 1942.

M. Jourdain est d'abord un parvenu, un nouveau riche. Il pense que tout s'achète : le savoir, les bonnes manières, la noblesse, l'amour. Il est aussi le personnage ridicule par excellence : celui qui a sa folie, qui est enfermé dans son monde personnel (comme l'avare dans sa folie de l'argent, comme le malade imaginaire dans sa manie de la maladie). Mais il est avide d'apprendre, d'une façon touchante. Il a une curiosité toujours en éveil, il ne cultive aucune fausse honte, aucun complexe. C'est un personnage qui ne dissimule jamais. Déjà âgé il se remet à l'école. Il avoue ses défauts (contrairement aux trois maîtres par exemple). Il ne pense même pas à cacher qu'il veut imiter les gens de qualité : « *Mon tailleur m'a dit que les gens de qualité étaient comme cela le matin* » (acte I, scène 2).

C'est donc un personnage qui attire la sympathie. Il représente la joie de vivre. Il chante, il danse, il se laisse emporter par ses enthousiasmes, jusqu'à parler « *turc* ». Il se laisse berner avec une allégresse communicative. C'est un des personnages les plus joyeux du théâtre de Molière.

Madame Jourdain

« Madame Jourdain, toute proche du peuple par son bon sens, sa tête chaude, sa parole bruyante, sa bonté foncière. [...] »

Gustave Lanson, *Histoire de la littérature française*, 1894.

« Madame Jourdain peut paraître un peu étroitement bourgeoise, et l'on devine chez elle un fond d'amertume. »

René Jasinski, *Molière*, 1970.

Elle représente la raison, ou plus exactement le bon sens. Soucieuse du bonheur de sa fille, de la bonne marche de sa maison, elle est dans la norme bourgeoise, dont son mari est en train de s'écarter de plus en plus. Le spectateur ne peut qu'être d'accord avec elle lorsqu'elle essaye de rappeler son mari à la réalité, lorsqu'elle fait en sorte d'avoir pour gendre un homme qu'elle estime et que sa fille aime. Elle s'inscrit cependant dans une lignée de personnages bougons, amis du juste milieu. Longtemps on a interprété Molière comme s'il était entièrement d'accord avec ces personnages qui ont le sens de la mesure (notion chère à la littérature classique). À présent on n'essaye plus de le réduire à cela : Mme Jourdain, avec Chrysale dans *Les Femmes savantes*, avec Philinte dans *Le Misanthrope*, représente ceux qui acceptent la société telle qu'elle est, qui refusent à la vie toute fantaisie. C'est ce qui permet à Gérard Defaux de dire qu'« elle est le pôle négatif de la pièce, l'élément perturbateur qui cherche à briser l'élan heureux de la comédie ».

Dorante

« **Madame Jourdain :** Il me semble que j'ai dîné, quand je le vois. »

« Quel est le plus blâmable, d'un bourgeois sans esprit et vain qui fait sottement le gentilhomme, ou du gentilhomme fripon qui le dupe ? »

Rousseau, *Lettre à d'Alembert sur les spectacles*, 1758.

C'est un des personnages les plus ambigus du théâtre de Molière. On a toujours souligné le peu de logique de son caractère. Hypocrite et brigand au début, il devient sym-

203

pathique, et même proche de la famille Jourdain sans que sa situation douteuse ait été éclaircie. On a été jusqu'à douter qu'il soit réellement un noble. Il ment évidemment quand il dit à M. Jourdain qu'il parle de lui au roi. Mais il ment peut-être aussi en prétendant aller chez le roi. Son comportement avec Dorimène est précieux et amoureux (acte IV, scène 1), mais aussi d'une grossièreté étonnante : il n'hésite pas à jouer un rôle d'entremetteur : « *Ce sera tantôt que vous jouirez à votre aise du plaisir de sa vue, et vos yeux auront tout le temps de se satisfaire* » (acte III, scène 6). Le fait le plus surprenant est que cette pièce devait être jouée d'abord devant la cour : l'image donnée de la « *foi de gentilhomme* » et de la droiture des nobles a dû chatouiller plus d'un honneur.

Covielle et Nicole

Le nom de Covielle est issu de la comédie italienne. Il est en effet le type de ces valets rusés, actifs, qui aident leur maître dans ses amours. Le personnage de référence est évidemment Scapin (dans *Les Fourberies de Scapin*). Cependant, le rôle de Covielle n'est pas non plus tout à fait cohérent : il faut attendre l'acte IV pour qu'il devienne le « *truchement* » qui résout les difficultés par la ruse. Au début de l'acte III il sert de caricature comique pour les sentiments de son maître. Molière l'exploite comme un miroir déformant, ce qui fait toujours rire. À ce moment il se rapproche plus de Sganarelle, dans *Dom Juan*, que de Scapin.

Nicole est issue d'une lignée de servantes effrontées, présentes dans tout le théâtre de Molière. Elle partage le bon sens de Mme Jourdain, mais participe à la gaieté de la pièce.

Lucile et Cléonte

C'est le couple de jeunes premiers, leur rôle est très réduit, même si leur mariage est le centre de l'une des deux intrigues. Cléonte cependant a le temps de faire une profession de foi pleine de sagesse (acte III, scène 12). Il correspond à l'idéal de Mme Jourdain : il est riche, avenant, et sait rester à sa place dans la société. Il est rendu sympathique par ses sentiments pour Lucile.

Dorimène

Méfiante à l'égard du mariage, elle semble amoureuse de Dorante. Son caractère est plein de distinction et de sagesse. Peut-être est-elle dupe de Dorante, peut-être est-elle particulièrement indulgente. Elle reste étrangère à l'intrigue qui s'est nouée autour de sa personne.

Les maîtres et le tailleur

Ils profitent de la folie de M. Jourdain tout en s'en moquant. Ils n'ont pas de rôle dans l'intrigue, mais ils permettent à Molière de présenter son personnage. Ils ont eux-mêmes leurs défauts comiques, le principal étant la vanité qui les pousse à se battre comme des chiffonniers pour défendre la prééminence de leur art.

Les jeux de langage

Tout en donnant très peu d'indications scéniques, Molière parvient à écrire un théâtre très vivant : cela vient en partie du fait que chaque personnage a son langage, qui le définit et qui entraîne certains gestes.

Des niveaux de langue qui reflètent la société

• Les mots de métier

Les deux premiers actes nous confrontent au parler des maîtres, cultivés, mais très caractérisés par un métier. L'entrée en scène du maître d'armes en offre un bon exemple, comme les universaux, catégories et figures du maître de philosophie. Quant au maître tailleur, il a l'hyperbole facile du commerçant.

• Les images d'époque

Pour des raisons historiques, certaines images se présentaient sans cesse à l'esprit des hommes de cette époque : il en est ainsi pour tout ce qui a trait au cheval, par exemple. *Le Bourgeois gentilhomme* offre tout un répertoire de mots et d'expressions : « *étriller* », « *enclouure* », « *vertigo* », « *grand cheval de carrosse* », « *enharnacher* ». Bien entendu ce vocabulaire, appliqué aux humains, n'est pas élogieux. Actuellement nous avons gardé un autre animal, auquel Molière se réfère aussi : « *Diantre soit de l'âne bâté !* » (acte II, scène 3)

• Patois et parlers populaires

Nicole a dans son langage quelques restes de patois. Elle est maintenant parisienne, et a l'esprit très aiguisé : ce n'est donc pas aussi marqué que pour les paysans de *Dom Juan*. Elle ne fait plus que rajouter quelques i : « *un grand maître... qui vient... nous déraciner tous les carriaux de notre salle* » ; « *oui, cela est biau* ». En revanche le côté franchement populaire est plus net dans son langage, comme dans celui de Covielle. Leurs images sont prises dans la vie quotidienne de la maison (« *pour renfort de potage* », acte III, scène 3 ; « *Quelle mouche les a piqués* », acte III, scène 8). Leurs préoccupations sont terre à terre : c'est le ménage, les planchers, la cuisine, les seaux d'eau.

Mme Jourdain n'est pas très éloignée de ce langage, son vocabulaire est populaire : « *Tredame* », « *embéguiné* », « *galimatias* », « *enjôleux* ». Mais surtout, ce qui lui donne son caractère propre est sa sagesse toute proche du dicton. Ses réponses sont souvent rythmées comme une chanson : « *Nous avons fort envie de rire, fort envie de rire nous avons* » (acte III, scène 5).

• Langage précieux, langage galant

Dorante et Dorimène parlent au contraire un langage très élevé, et même quelquefois surchargé. Molière leur donne encore quelques affectations précieuses : « *j'avais une impatience étrange de vous voir* » (acte III, scène 4). C'est particulièrement sensible dans la tirade qui concerne le dîner : « *incongruités* » et « *barbarismes* » sont en eux-mêmes des mots difficiles, qui soulignent une connaissance théorique de la grammaire. Les utiliser en métaphore de l'art culinaire est plus raffiné encore.

Cette préciosité est également sensible quand il s'agit d'exprimer des sentiments. Cléonte n'en est pas exempt : « *Je suis deux jours sans la voir, qui sont pour moi deux siècles effroyables* » (acte III, scène 9). Il possède surtout tout le vocabulaire des romans d'amour en vogue à l'époque : « *perfide* », « *cruelle* », « *ingrate* », « *infidèle* », « *soupirs* », « *charmes* », « *vœux* », « *ravissement* », « *flamme* ». Et bien sûr, au premier affront il parle d'aller « *mourir de douleur et d'amour* ».

Le comique des contrastes

Légèrement exagérés, ces différents langages sont drôles en eux-mêmes. Mais leur force comique est beaucoup plus grande du fait qu'ils sont confrontés les uns aux autres : le ridicule de chacun apparaît par contraste.

• Maître et valet : la caricature

Cléonte n'est pas ridicule. Mais ses tourments amoureux, doublés par ceux de Covielle, deviennent drôles : alors qu'il emploie des expressions qui embellissent, Covielle nous rappelle à la réalité terrestre. Molière montre ainsi de cette façon que, même s'ils sont mieux exprimés, les sentiments sont les mêmes : « *tarare* » fait ressortir la nuance d'obstination qu'il y avait dans « *point du tout* ». « *Qu'on est aisément amadoué par ces diantres d'animaux-là* » rend de façon plus expressive le soulagement de Cléonte : « *qu'avec un mot de votre bouche vous savez apaiser de choses dans mon cœur* » (acte III, scène 10).

Inversement, la facilité de Cléonte à s'exprimer accentue les manques de Covielle : « *queussi, queumi* » est une solution expéditive qu'il emploie pour ne pas avoir à refaire la jolie tirade un peu complexe de son maître !

La confrontation entre M. Jourdain et les maîtres, puis entre M. Jourdain, nouvellement instruit, et sa femme, joue le même rôle. L'ignorant est ridiculisé parce qu'il isole les mots qu'il ne connaît pas. Le pédant est ridiculisé car son vocabulaire apparaît tout d'un coup comme marginal. Par exemple, le jargon du maître d'armes est souligné par M. Jourdain qui le reprend avec un respect apeuré : « *Êtes-vous fou de l'aller quereller, lui qui entend la tierce et la quarte ?* » (acte II, scène 2). Même chose avec le maître de philosophie : « *Qu'est-ce qu'elle chante, cette physique ?* » (acte II, scène 4). M. Jourdain, montrant que ces mots sont inhabituels pour lui, accentue le pédantisme des maîtres qui s'y complaisent.

• Langage et attitude

Le contraste entre ce qui est dit et ce qui est fait est également un des ressorts du comique : le maître de philosophie n'a que la modération et la maîtrise des passions à la bouche. Et pourtant... M. Jourdain s'essaye à parler un langage technique : « *tu me pousses en tierce avant que de pousser en quarte, et tu n'as pas la patience que je pare* », et cependant il vient de se faire ridiculiser par Nicole (acte III, scène 3).

Langages en folie

L'ultime décalage se produit lorsque Mme Jourdain essaye pour la dernière fois de raisonner M. Jourdain : il s'évade dans le « *turc* ». Mme Jourdain, rationnelle, s'obstine à demander la signification de chaque « phrase ». M. Jourdain se met à danser. Molière n'hésite pas en effet, particulièrement dans cette pièce, à recourir à des langages inventés, qui provoquent le rire autant par les sonorités que par les significations qu'on leur suppose.

• Langues et accents

Dans *Le Bourgeois gentilhomme* on parle un faux turc, puis le sabir. Le ballet qui suit fait chanter un Espagnol et un Italien. Dans le « *dialogue des gens* », Molière caricature l'accent du Suisse et celui du Gascon : le déchaînement des langues et des accents semble répondre au délire de M. Jourdain qui se met « *spontanément* » à parler turc.

• Comique sonore

Cet aspect de la comédie montre que Molière joue sur la matérialité des mots : la vitesse avec laquelle ceux-ci s'échangent, l'intonation ont quelquefois plus d'importance que la signification même. Il en va ainsi dans les scènes de querelle : les injures qui se succèdent, alternées avec les gémissements de Jourdain, créent un rythme comique. « *Monsieur le philosophe ! – Infâmes, coquins, insolents ! – Monsieur le philosophe ! – La peste l'animal ! – Messieurs ! Impudents* », etc. De même dans la scène de bouderie : « *Cléonte. – Non. – Covielle ! – Point. – Arrêtez. – Chansons ! – Entends-moi. - Bagatelles !* »
Pour faire apparaître tout le comique que le langage comporte, Molière réussit donc à sortir les mots de leur contexte, à nous faire prendre conscience de leur vide : ils ne sont que ce que nous y mettons. C'est une belle prouesse pour un auteur... qui par définition ne s'exprime qu'avec des mots !

Correspondances

—1

Les belles de province selon Molière : le parler précieux.

« **Cathos** : Ma chère, il faudrait faire donner des sièges.
Magdelon : Hola ! Almanzor.
Almanzor : Madame.
Magdelon : Vite, voiturez-nous ici les commodités de la conversation.
Mascarille : Mais au moins y a-t-il sûreté ici pour moi ?
Cathos : Que craignez-vous ?
Mascarille : Quelque vol de mon cœur, quelque assassinat de ma franchise. Je vois ici des yeux qui ont la mine d'être de fort mauvais garçons, de faire insulte aux libertés, et de traiter une âme de Turc à More. Comment, Diable ! D'abord qu'on les approche, ils se mettent sur leur garde meurtrière ? Ah ! par ma foi, je m'en défie et je m'en vais gagner au pied, ou je veux caution bourgeoise qu'ils ne me feront point de mal.
Magdelon : Ma chère, c'est le caractère enjoué.
Cathos : Je vois bien que c'est un Amilcar.
Magdelon : Ne craignez rien ; nos yeux n'ont point de mauvais desseins, et votre cœur peut dormir en assurance sur leur prudhomie.
Cathos : Mais, de grâce, Monsieur, ne soyez pas inexorable à ce fauteuil qui vous tend les bras il y a un quart d'heure ; contentez un peu l'envie qu'il a de vous embrasser. »

Molière, *Les Précieuses ridicules*, scène IX.

—2

Les paysans, toujours selon Molière : le parler rural.

« **Charlotte** : Ne m'as-tu pas dit, Piarrot, qu'il y en a un qu'est bien pû mieux fait que les autres ?
Pierrot : Oui, c'est le Maître, il faut que ce soit queuque gros, gros Monsieur, car il a du dor à son habit tout de pis le haut jusqu'en bas, et ceux qui le servont sont des Monsieux eux-mêmes, et stapandant, tout gros Monsieur qu'il est, il serait par ma fique nayé, si je n'aviomme esté là.

Charlotte : Ardez un peu.

Pierrot : O Parquenne, sans nous, il en avait pour sa maine de fèves.

Charlotte : Est-il encore cheux toi tout nu, Piarrot ?

Pierrot : Nannain, ils l'avont r'habillé tout devant nous. Mon quieu, je n'en avais jamais veu s'habiller. Que d'histoires et d'angigorniaux boutont ces Messieurs-là les Courtisans ! Je me pardrais là-dedans, pour moi, et j'étais tout ébaubi de voir ça. Quien, Charlotte, ils avont des cheveux qui ne tenont point à leu tête, et ils boutont ça après tout comme un gros bonnet de filace. Ils ant des chemises qui ant des manches où j'entrerions tout brandis toi et moi. En glieu d'haut de chausse, ils portont un garderobe aussi large que d'ici à Pâque, en glieu de pourpoint, de petites brassières, qui ne leu venont pas jusqu'au brichet, et en glieu de rabas un grand mouchoir de cou à reziau aveuc quatre grosses houpes de linge qui leu pendont sur l'estomaque. Ils avont itou d'autres petits rabats au bout des bras, et de grands entonnois de passement aux jambes, et parmi tout ça tant de rubans, tant de rubans, que c'est une vraie piqué. Ignia pas jusqu'aux souliers qui n'en soient farcis tout de pis un bout jusqu'à l'autre, et ils sont faits d'eune façon que je me romprois le cou aveuc.

Charlotte : Par ma fi, Piarrot, il faut que j'aille voir un peu ça. »

Molière, *Dom Juan*, acte II, scène 1.

—3—

Balzac aimait beaucoup jouer avec les accents. Dans toute la *Comédie humaine*, on reconnaît le baron de Nucingen à son incorrigible accent allemand :

« Nucingen donna le bras à Esther, il l'emmena comme elle se trouvait, et la mit dans sa voiture avec plus de respect peut-être qu'il n'en aurait eu pour la belle duchesse de Maufrigneuse.

– *Fis haurez ein pel éguipache, le blis choli te Baris,* disait Nucingen pendant le chemin. *Doud ce que le lixe a te blis charmant fis endourera. Eine reine ne sera bas blis rige que fus. Vis serez resbectée gomme eine viancée t'Allemeigne; che fous feux lipre... Ne bleurez boint. Égoudez... Che vis aime fériddaplement t'amur pur. Jagune te fos larmes me brise le cueur...*

– Aime-t-on d'amour une femme qu'on achète ?... demanda d'une voix délicieuse la pauvre fille.

– *Choseffe ha pien édé fenti bar ses vrères à gausse de sa chantilesse. C'esd tans la Piple. T'aillers, tans l'Oriende, on agêde ses phâmes léchidimes. »*

Honoré de Balzac, *Splendeurs et Misères des courtisanes*, 1837-1848.

4

Au XXᵉ siècle, on tente des expériences limites :

« *Au lever du rideau, Madame est seule. Elle est assise sur un sopha et lit un livre.*

Irma *entrant et apportant le courrier* : Madame, la poterne vient d'élimer le fourrage...

(Elle tend le courrier à Madame, puis reste plantée devant elle dans une attitude renfrognée et boudeuse.)

Madame, *prenant le courrier* : C'est tronc ! Sourcil bien ! ... *(Elle commence à examiner les lettres puis, s'apercevant qu'Irma est toujours là)* Eh bien, ma quille ! Pourquoi serpez-vous là ? *(Geste de congédiement)* Vous pouvez vidanger !

Irma : C'est que, Madame, c'est que...

Madame : C'est que, c'est que, c'est que quoi ?

Irma : C'est que je n'ai plus de "Pull-over" pour la crécelle...

Madame, *prend son grand sac posé à terre à côté d'elle et, après une recherche qui paraît laborieuse, en tire une pièce de monnaie qu'elle tend à Irma.* Gloussez ! Voici cinq gaulois ! Loupez chez le petit soutier d'en face : c'est le moins foreur du panier...

Irma, *prenant la pièce comme à regret, la tourne et la retourne entre ses mains, puis* : Madame, c'est pas trou : yaque, yaque...

Madame : Quoi-quoi : yaque-yaque ?

Irma, *prenant son élan* : Y a que, Madame, yaque j'ai pas de gravats pour mes haridelles, plus de stuc pour le bafouillis de ce soir, plus d'entregent pour friser les mouches... plus rien dans le parloir, plus rien pour émonder, plus rien..., plus rien... *(Elle fond en larmes.)*

Madame, *après avoir vainement exploré son sac de nouveau et* *l'avoir montré à Irma* : Et moi non plus Irma ! Râtissez : rien dans ma limande !

Irma, *levant les bras au ciel* : Alors ! Qu'allons-nous mariner, Mon Pieu ? »

Jean Tardieu, *Un mot pour un autre*, Gallimard, 1951.

Un nouveau personnage ridicule : l'entiché de noblesse

Un homme qui se laisse « *éblouir à la qualité* »

Le dessein de Jourdain ne se définit précisément que par rapport au jugement de Mme Jourdain : « *Lorsque je hante la noblesse, je fais paraître mon jugement : et cela est plus beau que de hanter votre bourgeoisie* » (acte III, scène 3). La folie des grandeurs de Jourdain, avant d'être une manifestation de vanité, est faite d'admiration béate. Il trouve bien habillés, raffinés, agréables à fréquenter les « *gens de qualité* » dont il ne cesse de parler. De fait, la caricature de son milieu bourgeois devait être forte du temps de Molière : Mme Jourdain était jouée par un homme, Hubert, spécialisé dans les rôles de vieille femme. Le contraste avec la jeune et distinguée Dorimène devait être saisissant. Aussi tout naturellement Jourdain va-t-il vers ce qui lui plaît. Resté seul en scène, il ne vante pas ses propres mérites, mais s'interroge sur son défaut : « *Ils n'ont rien que les grands seigneurs à me reprocher, et moi je ne vois rien de si beau que de hanter les grands seigneurs ; il n'y a qu'honneur et que civilité avec eux* » (acte III, scène 15). C'est le côté positif, ouvert, de ce que l'on appelle aujourd'hui le snobisme (« *admiration sotte pour les manières, les opinions qui sont en vogue dans les milieux tenus pour distingués* », Larousse).

Vouloir être autre qu'on est

Seulement, fréquenter les nobles ne peut être concevable sans un certain train de vie, sans une noblesse de manières. Aussi M. Jourdain entreprend-il de refaire sa propre éducation. Car il va jusqu'au rejet de son propre monde, au regret sur sa vie : « *je voudrais qu'il m'eût coûté deux doigts de la main et être né comte ou marquis* » (acte III, scène 15). « *Plût à Dieu l'avoir tout à l'heure, le fouet, devant tout le monde, et savoir ce que l'on apprend au collège.* » Les deux premiers actes nous le montrent donc en pleine métamorphose : l'habit, les pas, la pensée, la civilité, il veut tout modifier. Il renie la « bourgeoisie » de Mme Jourdain, et, en bon snob, va jusqu'à nier l'histoire : « *Si votre père a été marchand, tant pis pour lui ; mais pour le mien, ce sont des malavisés qui disent cela.* » C'est la caractéristique de celui qui, rejetant le monde réel, se pense autre qu'il est.

Les disproportions qui engendrent la caricature

Ces hallucinations créent naturellement un décalage, et plus ce décalage est grand, plus les prétentions sont ridicules... et plus on rit. Dans la fable de La Fontaine, la grenouille est stupide parce qu'elle n'a pas compris à quel point elle était minuscule à côté du bœuf. M. Jourdain, de même, est drôle parce qu'il n'est pas proportionné à ses ambitions. Il croit que tout s'achète, et il paye les différents maîtres pour être instruit de la civilité. Mais, comme dit le philosophe, il n'a pas les « *quelques principes* » qui permettraient d'ajouter un léger vernis à son personnage. Il n'a pas une ombre de courage, mais il pense qu'apprendre à manier l'épée suffira à faire de lui un escrimeur triomphant.

Là est le caractère du « nouveau riche » et ce qui le fait repérer dans la société : son comportement est plein de bonne volonté, mais sans aucun naturel. Il commet trois sortes de fautes : d'abord celles qui proviennent de ses lacunes ; puis il renchérit dans l'imitation, il exagère ; enfin il applique systématiquement des recettes, sans souci de la nuance. Il est en équilibre sur deux mondes. Mme Jourdain ne le reconnaît plus : « *Je ne sais plus ce que c'est que notre maison* » (acte III, scène 3). Mais Dorimène ne le reconnaît pas non plus : à Dorante qui souligne la grossièreté du bourgeois, elle fait remarquer que celle-ci est évidente (« *Il n'est pas malaisé de s'en apercevoir* », acte III, scène 19).

214

De plus, il est d'un naturel rebelle : il paye un maître pour venir jouer de la musique digne des « *gens de qualité* ». Mais il n'est pas encore assez snob pour trouver beau ce qu'on lui impose : son bon sens populaire fait qu'il dit qu'il s'ennuie quand il s'ennuie. Car le snobisme cherche à savoir s'il faut admirer avant de le faire. M. Jourdain n'a pas cette finesse, il fait la démarche avec une naïveté désarmante : « *Est-ce que les gens de qualité en ont ? J'en aurai donc* » (acte II, scène 1).

En tout, son vice est poussé jusqu'à la caricature. Les vrais bourgeois entichés de noblesse sont généralement plus progressivement touchés que M. Jourdain. Celui-ci est frappé par une lubie qui atteint rapidement la folie. C'est le sort des personnages à travers lesquels Molière a décrit un ridicule particulier : l'avare, le malade imaginaire sont des monomaniaques.

Correspondances

–1

La Fontaine s'est plu aussi à dénoncer le travers de notre bourgeois, sous diverses formes :

« **La grenouille qui veut se faire aussi grosse que le bœuf**

> Une Grenouille vit un bœuf
> Qui lui sembla de belle taille.
> Elle qui n'était pas grosse en tout comme un œuf,
> Envieuse, s'étend, et s'enfle, et se travaille
> Pour égaler l'animal en grosseur,
> Disant : Regardez bien, ma sœur ;
> Est-ce assez ? dites-moi : n'y suis-je point encore ?
> Nenni. M'y voici donc ? Point du tout. M'y voilà ?
> Vous n'en approchez point. La chétive Pécore
> S'enfla si bien qu'elle creva.
> Le monde est plein de gens qui ne sont pas plus sages :

Tout bourgeois veut bâtir comme les grands seigneurs,
    Tout petit prince a des ambassadeurs,
    Tout marquis veut avoir des pages. »

La Fontaine, *Fables*, livre I, 3 (1668-1693).

« Le mulet se vantant de sa généalogie

Le mulet d'un prélat se piquait de noblesse,
    Et ne parlait incessamment
    Que de sa Mère la Jument
    Dont il contait mainte prouesse.
Elle avait fait ceci, puis avait été là,
    Son Fils prétendait pour cela
    Qu'on le dût mettre dans l'histoire.
Il eût cru s'abaisser servant un Médecin.
Étant devenu vieux on le mit au moulin.
Son Père l'Âne alors lui revint en mémoire.
    Quand le malheur ne serait bon
    Qu'à mettre un sot à la raison,
    Toujours serait-ce à juste cause
    Qu'on le dît bon à quelque chose. »

La Fontaine, *Fables*, livre VI, 7 (1668-1693).

–2

Ce phénomène de société n'a pas échappé non plus aux yeux de l'observateur perspicace qu'était La Bruyère :

« On ne peut mieux user de sa forune que fait Périandre : elle lui donne du rang, du crédit, de l'autorité ; déjà, on ne le prie plus d'accorder son amitié, on implore sa protection. Il a commencé par dire de soi-même : *un homme de ma sorte* ; il passe à dire : *un homme de ma qualité* ; il se donne pour tel, et il n'y a personne de ceux à qui il prête de l'argent, ou qu'il reçoive à sa table, qui est délicate, qui veuille s'y opposer. Sa demeure est superbe : un dorique règne dans tous ses dehors ; ce n'est pas une porte, c'est un portique : est-ce la maison d'un particulier ? est-ce un temple ? le peuple s'y trompe. Il est le seigneur dominant de tout le quartier. C'est lui que l'on envie, et dont on voudrait voir la chute ; c'est lui dont la femme, par son collier de perles, s'est fait des ennemies de toutes les dames du voisinage. Tout se soutient dans cet homme ; rien encore ne se dément dans cette grandeur qu'il a acquise, dont il ne doit rien, qu'il a payée. Que son père, si vieux et si caduc, n'est-il mort il y a vingt ans et avant qu'il se fît dans le monde aucune mention de Périandre ! Comment pourra-t-il soutenir ces odieuses pancartes qui déchiffrent les conditions et qui souvent font rougir la veuve et les héritiers ? Les supprimera-t-il aux yeux de toute une ville jalouse, maligne, clairvoyante, aux dépens de mille gens qui veulent absolument aller tenir leur rang à des obsèques ? Veut-on d'ailleurs qu'il fasse de son père un *Noble homme*, et peut-être un *honorable homme*, lui qui est *Messire* ? »

La Bruyère, *Caractères*, 22, 1 (1688).

3

Au XXe siècle, on ne peut évoquer le snobisme sans parler de l'écrivain Marcel Proust, qui dans *À la recherche du temps perdu* a brossé quelques inimitables portraits de snobs :

« Obligée, pour se consoler de ne pas être tout à fait l'égale des autres Guermantes, de se dire sans cesse que c'était par intransigeance de principes et fierté qu'elle les voyait peu, cette pensée avait fini par modeler son corps et par lui enfanter une sorte de prestance qui passait aux yeux des bourgeoises pour un signe de race et troublait quelquefois d'un désir fugitif le regard fatigué des hommes de cercle. Si on avait fait subir à la conversation de Mme de Gallardon ces analyses qui en relevant la fréquence plus ou moins grande de chaque terme permettent de découvrir la clef d'un langage chiffré, on se fût rendu compte qu'aucune expression, même la plus usuelle, n'y revenait aussi souvent que "chez mes cousins de Guermantes", "chez ma tante de Guermantes", "la santé d'Elzéar de Guermantes", "la baignoire de ma cousine de Guermantes". Quand on lui parlait d'un personnage illustre, elle répondait que sans le connaître personnellement elle l'avait rencontré mille fois chez sa tante de Guermantes, mais elle répondait cela d'un ton si glacial et d'une voix si sourde qu'il était clair que si elle ne le connaissait pas personnellement c'était en vertu de tous les principes indéracinables et entêtés auxquels ses épaules touchaient en arrière, comme à ces échelles sur lesquelles les professeurs de gymnastique vous font étendre pour vous développer le thorax. »

Marcel Proust, *Un amour de Swann*, 1913.

La tromperie

Un personnage est tourné en ridicule parce que les autres le trompent : c'est une des ressources principales du théâtre comique. Mais la tromperie prend diverses formes, et n'est vraiment drôle qu'en fonction du personnage trompé.

La dupe : une cible prédestinée
« *Allez, vous êtes une vraie dupe* » (acte III, scène 4) : Mme Jourdain, avec son bon sens, a diagnostiqué le mal. M. Jourdain présente les caractéristiques mêmes du personnage facile à duper : il est sot, crédule et vaniteux. Comme le corbeau de la fable, il laisse tomber un joli fromage (deux cents pistoles) pour peu qu'un homme de qualité l'appelle « son meilleur ami ». Dans les deux premiers actes, on le voit payant diverses personnes (les maîtres, le tailleur) pour pouvoir s'exhiber en grand seigneur. Il est heureux, même, qu'on le trompe, et il va au-devant de la farce, à la grande satisfaction de Covielle : « *Quelle dupe ! Quand il aurait appris son rôle par cœur, il ne pourrait pas le mieux jouer.* » Il suffit de favoriser ses défauts pour qu'il rentre dans le jeu même le plus grossier. Covielle et Cléonte n'ont pas besoin de se déguiser beaucoup. C'est aussi ce qui donne à la comédie son absence d'amertume : à aucun moment Jourdain n'a conscience d'être le jouet d'une machination, d'une ligue de tous les autres contre lui. Au contraire, le Mamamouchi est parfaitement heureux d'établir sa prééminence sur toute la maisonnée.

La farce
Depuis le Moyen Âge la farce est un genre qui appartient au théâtre populaire. Molière s'est inspiré de cette tradition qui

était redevenue vivante au XVIIᵉ siècle. Elle met toujours en scène un mari qu'on trompe, une autorité qu'on berne, ou encore un sot, un « enfariné » (dont le visage était recouvert de farine) à qui il est facile de jouer des tours.

Dans *Le Bourgeois*, la cérémonie turque est une farce que Coviello fait jouer chez M. Jourdain, et dans laquelle M. Jourdain joue effectivement son rôle, mieux que s'il l'avait appris : « *Il s'est fait depuis peu une certaine mascarade [...] que je prétends faire entrer dans une bourle que je veux faire à notre ridicule.* » Le théâtre s'adapte, se transporte : « *J'ai les acteurs, j'ai les habits tout prêts.* » Et on espère que le ridicule « donnera » dans les fariboles. La cérémonie garde un des moments rituels de toute farce : la bastonnade. On la retrouve également dans *Les Fourberies de Scapin*.

Et l'on rit toujours avec le farceur. Celui-ci en effet fait preuve d'habileté et d'audace. Il risque quelque chose s'il est découvert, mais il n'hésite pas à faire passer d'énormes mensonges : il flatte les défauts de sa victime. Ainsi Coviello expliquant au bourgeois que son père était gentilhomme, et décrivant toutes les actions d'un marchand : « *Comme il se connaissait fort bien en étoffes, il en allait choisir de tous les côtés, [...] et en donnait à ses amis pour de l'argent.* »

La noirceur de l'hypocrisie

Le farceur obtient quelquefois des avantages matériels, mais il se paye avant tout de rires. L'hypocrite est plus intéressé. Dorante en est un bel exemple : la scène 4 de l'acte III montre avec quel cynisme il joue sur les mots pour s'approprier l'argent du bourgeois. Il surprend, tout d'abord : en faisant croire qu'il vient payer ses dettes, il joue la carte de l'honnêteté. Puis il renverse la perspective sans que M. Jourdain puisse protester, puisqu'il est pris dans un filet de flatteries auxquelles il ne peut résister, sous peine de voir Dorante le délaisser. Son rôle n'est guère plus beau auprès de Dorimène. Il profite du souci qu'elle a de ses dépenses et fait le modeste à bon compte, sur le dos de M. Jourdain : « *ce sont des bagatelles* » (acte III, scène 18). Face à M. Jourdain, il joue double jeu, souligne ses ridicules à l'attention de Dorimène. Il n'a pas l'envergure de Dom Juan, ni la noirceur absolue de Tartuffe. Mais à travers lui Molière fait un portrait sévère d'une noblesse sans honnêteté, sans grandeur d'âme.

Correspondances

- Molière, *Les Fourberies de Scapin*, acte III, scène 2.
- Rabelais, *Quart Livre* : fin du chapitre 7, début du chapitre 8 (Les moutons de Parnuge).
- La Fontaine, *Fables*, « Le Corbeau et le Renard ».

Entre sentiment et cliché : l'amour

Les règles figées de la société

Le Bourgeois gentilhomme donne à voir un bon nombre des aspects sociaux de l'amour au XVIIᵉ siècle : tout d'abord le problème du mariage. Certes, dans cette pièce il est moins épineux que dans beaucoup d'autres, car la bonhomie de M. Jourdain ne lui permet pas d'aller jusqu'à la noirceur de l'avare, ou d'avoir les désirs sulfureux d'un Tartuffe. Mais il est le père, donc son consentement est indispensable. M. Jourdain est riche : pas de problème de dot. Mais du même coup se pose la question de la condition sociale du fiancé : « *Vous n'êtes point gentilhomme, vous n'aurez pas ma fille* » (acte III, scène 12). Cette attitude était fréquente à l'époque de Molière : les nobles, souvent à court d'argent, cherchaient de riches héritières. Cela n'avait pas d'importance car seule comptait la noblesse du père. Mᵐᵉ Jourdain fait entendre la théorie opposée : elle ne conçoit pas qu'on puisse sortir de sa classe sociale. Cette attitude est révélatrice d'une société très cloisonnée, et d'une certaine sagesse populaire qui n'a pas encore mis l'ambition à son programme. Enfin, les rapports entre Dorante et Dorimène montrent le rôle du qu'en-dira-t-on et l'importance des apparences : n'étant pas mariés, ils ne doivent pas se fréquenter assidûment s'ils ne veulent pas qu'on les croie amants. Ils sont obligés de se rencontrer dans des lieux neutres, comme la demeure de cet obscur bourgeois. C'est le mariage qui règle tout, la soumission aux convenances étant très surveillée par la rumeur publique.

L'amour codifié

L'expression des sentiments subit les modes, tout comme les vêtements. Indépendamment même des lois sociales, ces modes codifient les relations entre les amoureux. Les tentatives de M. Jourdain envers Dorimène sont d'autant plus amusantes qu'elles caricaturent un idéal. Pendant le dîner, il se précipite sur chacune de ses phrases, pour dégager des double sens qu'il tourne en compliment : au mot « *beau* », il ne manque pas de souligner qu'il voit « *quelque chose de plus beau* ». Au mot « *ravir* », il parle de ravir son cœur, et, en amant passionné, il reprend les morceaux qu'elle entame (acte IV, scène 1). Le billet doux : « *Me font vos beaux yeux mourir, belle marquise, d'amour* » est également un grand moment de caricature : billets doux et poèmes galants étaient en effet, avec leurs tournures affectées, un passage obligé d'une cour élégante.

M. Jourdain n'est pas le seul à « *mourir d'amour* ». Cléonte, dont les sentiments sont sincères, utilise aussi cette image forte. Le fait d'être malheureux par l'amour est un des traits distinctifs de la passion ; le dépit amoureux fait donc partie d'une stratégie qui conduit l'autre à affirmer plus haut et plus fort son amour, pour « *consoler* » le cœur souffrant. Les paroles des chansons en apportent une preuve plus sérieuse : « *Je languis nuit et jour, et mon mal est extrême / Depuis qu'à vos rigueurs vos beaux yeux m'ont soumis* » (acte I, scène 2), ou encore « *Je sais que je meurs d'amour / Et je recherche la douleur* » (ballet des nations). Dorimène parle un langage plus réaliste : mariage, argent. Mais elle met fin à une cour qu'auraient enviée les précieuses : « *les déclarations sont venues ensuite, qui après elles ont traîné les sérénades et les cadeaux* » (acte III, scène 18).

L'amour source de mouvement

Socialisé et codifié, l'amour n'en est pas moins le ressort principal de l'intrigue. C'est d'abord la tentative d'adultère : « *il faut que je vous fasse une confidence. Je suis amoureux d'une personne de grande qualité* » (acte II, scène 4), qui pousse le bourgeois à raffiner son mode de vie. Le mariage ensuite, de Cléonte et Lucile, Covielle et Nicole, puis Dorante et Dorimène, est la finalité de l'histoire. En cela le canevas des comédies de Molière n'a jamais été très original.

Mais l'amour est également ce qui fait varier les sentiments, et donc assure des revirements et des stratégies propices à la comédie : les manœuvres cauteleuses de Dorante, l'attente de Dorimène, et surtout les brouilles passagères des quatre jeunes gens permettent de donner à certaines scènes un rythme enjoué.

Correspondances

• Molière, *Les Précieuses ridicules*, scène IV (tirade de Magdelon).
• Molière, *Le Dépit amoureux*, acte IV scène 4
• Marivaux, *Le Jeu de l'amour et du hasard*, acte III, scène 8.
• Stendhal, *Le Rouge et le Noir*, livre 2, chapitre 17 : « Une vieille épée ».

*Dorimène (Marie-Armelle Deguy) et Dorante (Alain Pralon)
dans la mise en scène de Jean-Luc Boutté à la Comédie-Française, 1988.*

Le Bourgeois gentilhomme au théâtre

Décors et costumes

Molière, en mettant en scène *Le Bourgeois gentilhomme*, avait misé sur l'aspect visuel : décors et costumes étaient somptueux, on avait engagé des frais importants. L'ayant présentée à Chambord, il avait tenu à garder ensuite pour la ville tout l'apparat qui était déployé devant la cour. C'est une stratégie qu'il utilisait souvent et qui lui rapportait : les recettes restaient considérables deux mois après la première de la pièce.

On peut se faire une idée de son costume grâce à l'inventaire qui a été fait à sa mort :

« Un habit pour la représentation du *Bourgeois gentilhomme*, consistant en une robe de chambre rayée, doublée de taffetas aurore et vert, un haut-de-chausses de panne rouge, une camisole de panne bleue, un bonnet de nuit et une coiffe, des chausses et une écharpe de toile peinte à l'indienne, une veste à la turque et un turban, un sabre, des chausses de brocart aussi garnies de rubans vert et aurore, et deux points de Sedan. Le pourpoint de taffetas garni de dentelle d'argent faux. Le ceinturon, des bas de soie verts, et des gants, avec un chapeau garni de plumes aurore et vert. »

Les mises en scène récentes ont quelquefois repris les couleurs de Molière (Jean-Luc Boutté, 1988), mais elles ont surtout mis l'accent sur l'extravagance du costume. Le choc de couleurs vives, la profusion accablante des rubans et des plumes (les uns et les autres très recherchés par les nobles au XVIIᵉ siècle), soulignent le manque de goût de M. Jourdain, sa richesse de parvenu (voir la photographie de Jérôme Savary p. 127). Les chapeaux, dès l'époque de Molière, ont été des accessoires essentiels dans la pièce : le bonnet de nuit des deux premiers actes, le large chapeau garni de plumes du troisième, les turbans du quatrième ont permis toutes les démesures (Jérôme Savary est allé jusqu'à faire du turban une citrouille), comme s'ils symbolisaient la tête à la fois vide et gonflée de M. Jourdain.

Interprètes

Le rôle de M. Jourdain est un rôle important, un de ceux qui, d'après P. A. Touchard, « effraient le plus leurs interprètes ». Le bourgeois est en effet sans cesse en scène, et demande une grande variété de moyens d'expression. De plus, il faut savoir donner toute sa fantaisie à la pièce, sans faire sombrer M. Jourdain dans le grotesque.

L'histoire de l'interprétation, relatée par M. Descotes, reflète cette dualité : c'est l'histoire d'un constant affadissement du personnage, qu'on a rendu de plus en plus guindé, avant que dans la deuxième moitié du XXᵉ siècle on ne lui restitue sa dimension délirante.

Après Molière le rôle fut repris par Paul Poisson, fils du seul rival de Molière à l'Hôtel de Bourgogne, puis par La Thorillière en 1729. Celui-ci jouait tout en nuances et en raffinement. Or le roi fut très mécontent et rappela le précédent comédien : ce qui semble bien dire que l'on préférait une interprétation plus proche de la farce.

Au XVIIIᵉ siècle Préville s'illustre dans le rôle : « Il était gauche de corps et d'esprit, d'un bout à l'autre, mais gauche à faire plaisir. » Bel éloge, car c'est peut-être la meilleure définition du comportement du bourgeois. Puis, après le passage de Dugazon, au début du XIXᵉ siècle, qui en rajoute dans la bouffonnerie, jusqu'à jeter des petits pâtés à la tête de Mᵐᵉ Jourdain dans la scène du repas, le rôle devient de plus en plus raisonnable et joué par des comédiens assez effacés. M. Jourdain devient tout à fait sympathique, mais cela explique le peu de succès en général de la cérémonie turque : elle paraissait burlesque et hors de propos.

Il a fallu attendre Raimu, en 1944, pour que M. Jourdain reprenne un peu de sa truculence. Le spectacle était en outre intégralement restitué, musique et ballets compris. Les mises en scène qui ont suivi, celle de Jean Meyer (1951) avec Louis Seigner, à celle de Jean-Luc Boutté (1988) avec Roland Bertin ont toutes raffiné sur l'aspect spectaculaire de la pièce. Très récemment, Jérôme Savary a même créé une version cubaine de la pièce donnant à la fantaisie et à la danse une place encore plus grande.

Jugements critiques

Les seules « critiques » que l'on ait de la pièce à sa création sont les deux petits comptes rendus du gazetier (journaliste) Robinet, en octobre puis en novembre 1670. Le premier reste évasif, célébrant les « deux grands Baptistes » (Molière et Lulli). Voici le second :

« Mardi l'on y donne au public
de bout en bout et ric et ric
Son charmant *Bourgeois gentilhomme*
C'est-à-dire presque tout comme
À Chambord et à Saint-Germain
L'a vu notre Grand Souverain,
Même avecques des entrées
De ballet mieux préparées
D'harmonieux et grands concerts. »

Au XVIIIe siècle, Voltaire et Rousseau, tempéraments enne-mis, ont donné tous les deux leur opinion sur *Le Bourgeois*.

On convient, et on le sentira chaque jour davantage, que Molière est le plus parfait auteur comique dont les ouvrages nous soient connus ; mais qui peut disconvenir aussi que le théâtre de ce même Molière, des talents duquel je suis plus l'admirateur que personne, ne soit une école de vices et de mauvaises mœurs ? [...] Examinez le « comique de cet auteur : partout vous trouverez que les vices de caractère en sont l'instrument, et les défauts naturels le sujet ; que la malice de l'un punit la simplicité de l'autre ; et que les sots sont les victimes des méchants. [...]

J'entends dire qu'il attaque les vices ; mais je voudrais bien que l'on comparât ceux qu'il attaque avec ceux qu'il favorise. Quel est le plus blâmable, d'un bourgeois sans esprit et vain qui fait sottement le gentilhomme, ou du gentilhomme fripon qui le dupe ? Dans la pièce dont je parle, ce dernier n'est-il pas l'honnête homme, n'a-t-il pas pour lui l'intérêt, et le public n'applaudit-il pas à tous les tours qu'il fait à l'autre ? »

J.-J. Rousseau, *Lettre à d'Alembert sur les spectacles*, 1758.

Voltaire, homme de théâtre, et de naturel sociable, n'est pas du même avis :

« *Le Bourgeois Gentilhomme* est un des plus heureux sujets de comédie que le ridicule des hommes ait pu fournir. La vanité, attribut de l'espèce humaine, fait que les princes prennent le titre des rois, que les grands seigneurs veulent être des princes [...] Cette faiblesse est précisément la même que celle d'un bourgeois qui veut être homme de qualité ; mais la folie du bourgeois est la seule qui soit comique et qui puisse faire rire au théâtre : ce sont les extrêmes disproportions des manières et du langage d'un homme avec les airs et les discours qu'il veut affecter qui font un ridicule plaisant.

Les quatre premiers actes de cette pièce peuvent passer pour une comédie ; le cinquième est une farce qui est réjouissante, mais trop peu vraisemblable. Molière aurait pu donner moins de prise à la critique, en supposant quelque autre homme que le fils du Grand Turc. Mais il cherchait, par ce divertissement, plutôt à réjouir qu'à faire un ouvrage régulier. »

Voltaire, *Sommaires des pièces de Molière*, 1765.

On a longtemps pensé, à la suite de Voltaire, que la pièce n'était pas « régulière », qu'elle était mal bâtie :

« *Le Bourgeois gentilhomme* n'est ni une étude sociale, ni une étude de caractère. La pièce est bâtie à la diable. L'action ne commence qu'au troisième acte. Elle reste extrêmement sommaire, d'une invraisemblance parfaite et sereine. La matière manque tellement que Molière recommence pour la troisième fois la scène du double dépit amoureux, qu'il avait déja reprise en 1667 pour meubler le vide du deuxième acte de *Tartuffe*. Les caractères ne sont même pas tous cohérents. Dorante commence par promettre beaucoup. Ce gentilhomme élégant est d'une indélicatesse froide. Il annonce le chevalier d'industrie. Il pouvait fournir la matière d'une étude très neuve. Mais Molière s'arrête en chemin et le Dorante du dernier acte est devenu un personnage sympathique.

Ces défauts seraient graves si *Le Bourgeois gentilhomme* était une grande comédie. Ils n'ont aucune importance dans une comédie-ballet, et celle-ci, prise telle qu'elle est, avec les libertés du genre, dans son vrai ton et son exact éclairage, est une des œuvres les plus heureuses de Molière, et par sa verve endiablée, la valeur amusante de Mme Jourdain et surtout la vie prodigieuse de M. Jourdain. »

Antoine Adam, *Histoire de la littérature française au* XVIIe *siècle*, tome 3, Domat, 1952.

On en est venu depuis à une analyse beaucoup plus positive de la structure de la pièce, qui vogue de façon totalement heureuse vers la fantaisie, en oubliant de faire la morale :

« Point d'efforts pénibles pour rendre l'histoire vraisemblable. On est en plein délassement, on n'aurait que faire de ces précautions bonnes pour la comédie sérieuse. Mais délassement pour Molière ne signifie point incohérence. Débarrassé du réalisme il ne songe qu'à la vérité. Chaque scène du *Bourgeois* est une démonstration, merveilleusement juste et gaie, d'un trait de caractère ou de sentiment, réduit aux lignes essentielles. Et ces lignes sont rendues sensibles par les jeux de théâtre qui annoncent les figures du ballet. La transparence est extraordinaire : le sens nous parvient par les sens directement, sans discours.

Le Bourgeois gentilhomme marque le triomphe de la société. L'homme comique de Molière se retranchait de ses semblables par un vain défi à la société. C'est le contraire que fait M. Jourdain. Il aspire à la société de tout son cœur. Au-dessus des bourgeois il y a tout un monde, un monde des sons, des idées, des grâces et des honneurs : M. Jourdain est devant ce monde à la fois comme un enfant et comme un étranger. Il en écorche le langage, d'un accent ridicule, mais en même temps il s'y démène avec les mouvements du

nouveau-né. Étranger malgré lui, son comique est adouci par la fraî-
cheur de ce qui s'éveille. M. Jourdain est toujours émerveillé par ce
qui le fait ridicule. M. Jourdain ne souffre pas. M. Jourdain veut se
conformer. On ne lui en veut pas, on le protège, on l'aime un peu.
Quand la chasse touche à sa fin on lui fait grâce de l'hallali. »

Ramón Fernandez, *La Vie de Molière*, Gallimard, 1929.

« C'est un moment unique que celui où la bouffonnerie prend comme
une mayonnaise, où la fantasmagorie burlesque s'empare de la satire bourgeoise et la transfigure. Il faut remonter à *La Nuit des rois*
de Shakespeare pour retrouver quelque chose d'analogue. Avant
que n'intervienne Covielle, *Le Bourgeois gentilhomme* est encore
soumis au comique noir de *Dandin* et de *L'Avare*, dans le discours
cynique et mercantile des professeurs de danse et de musique, dans
le galimatias du philosophe, dans le libertinage de Dorante et de
Dorimène. Bourgeois parmi les bourgeois de Molière, Jourdain met
encore en péril par sa folie le bonheur de ses proches, mais l'eupho-
rie où il baigne est communicative. Il n'y a aucune méchanceté en
lui. [...] M. Jourdain est incurable. Molière se contente de le neu-
traliser en l'enfermant dans le délire doré de sa folie. [...]
En ce héros du prosaïsme et de la pantoufle, la victoire de la prose
et du quotidien se confond avec celle de la comédie. »

Alfred Simon, *Molière, une vie*, La Manufacture, 1987.

« Car c'est bien en définitive à une interprétation largement positive
du personnage de Jourdain que semblent nous amener la structure
et le mouvement concerté de la comédie. Alors que Molière faisait
auparavant toujours triompher le monde réel de Cléante ou de
Philinte du monde imaginaire d'Alceste, d'Arnolphe, de Sganarelle
ou d'Orgon, c'est ici exactement l'inverse qui se produit : le monde
imaginaire, artistique et poétique de Jourdain triomphe du monde
prosaïque et bourgeois de son épouse. Même coalisée, la raison ne
peut plus rien contre la folie. [...]
Et, de fait, la seule présence de Jourdain, sa naïveté et son aveugle-
ment complices suscitent irrésistiblement le rire, engendrent, pour
ainsi dire spontanément, l'amour, le plaisir et la joie. Littéralement,
la fête naît sous ses pas, et la comédie, dont il est non seulement la
dupe et le prétexte, mais aussi bien l'âme, l'acteur et le metteur en

scène inspiré. Devenue palais des mille et une nuits puis théâtre, élargie aux dimensions de l'univers, la maison de Jourdain est finalement emportée, comme le reste, dans les folles arabesques du ballet des nations. Le rêve a disposé de la réalité. [...] Jourdain est mouvement, et source de mouvement. Il est celui qui danse, qui entraîne dans la ronde ceux qui habituellement se refusent à danser. »

Gérard Defaux, *Molière ou les Métamorphoses du comique*,
Klincksieck, 1993.

Ce bonheur complet reflète un changement dans la façon dont la société se perçoit :

« On rit peut-être moins de la métamorphose de M. Jourdain en mamamouchi au quatrième acte qu'en courtisan de pacotille au second. Ou plutôt, ceci enveloppant cela, le ridicule de caractère englobant la satire des mœurs turques, une même leçon se dégage de l'une et de l'autre mésaventure, une même confirmation de la loi d'universelle convenance : grotesque en gentilhomme, M. Jourdain l'est autant en mamamouchi, tandis que Cléonte en fils du Grand Turc se contente d'être drôle. Et ce n'est pas seulement que l'un est dupe de la mystification et l'autre pas ; c'est que le bourgeois demeure dissonant en toute circonstance faute d'avoir accepté d'être lui-même, socialement, moralement, physiquement même, alors que Cléonte qui ne fait pas mystère de sa roture a su acquérir l'aisance et la grâce de l'honnête homme sans avoir vu la cour ni s'être soucié d'y paraître.

À travers cette comédie s'exprime donc la très importante modification qui advenait dans le monde imaginaire de la perfection sociale en ce temps-là. Prenant acte de la diversité et de la relativité des manières de se rendre parfait, il semble que l'on ait admis dans les années 1650-1670 qu'il n'est pas forcément de lieu privilégié, de peuple supérieur, de rang ni de condition nécessaire, non plus que suffisante pour incarner l'idéal de parfaite honnêteté. »

Patrick Dandrey, *Molière ou l'Esthétique du ridicule*,
Klincksieck, 1992.

B. Bretty, J. Moreau, A. de Chanveron, J. Meyer, L. Seigner, J. Piat, M. Escande et M. Sabouret dans Le Bourgeois gentilhomme *à la Comédie-Française, 1951.*

Menuet

Le menuet du *Bourgeois gentilhomme*, acte II, scène 1
(danse mise à la mode par jean-Baptiste Lully dès 1673)

Compléments historiques
et notionnels

Bourgeoisie et noblesse

La société d'Ancien Régime distinguait trois « états » : le clergé, la noblesse, et le troisième, le *tiers* état. Celui-ci était mal défini : il contenait la plus grande partie de la population, des plus pauvres paysans aux bourgeois richissimes, c'est-à-dire tous les roturiers. Les bourgeois qui, ayant un niveau de vie aisé, accédaient à une certaine culture, à une aisance agréable, aspiraient donc à être distingués du lot.

Or le modèle dominant était la noblesse, dont le prestige est encore renforcé à l'époque de Molière par le rayonnement de la cour, dû à la politique du jeune Louis XIV. Il était logique que les bourgeois aisés désirent, comme M. Jourdain, se rapprocher de la noblesse.

Mais seule la *naissance*, à l'origine, distingue les nobles des roturiers : on ne devient pas noble, on naît dans une famille qui, de mémoire d'homme, l'a toujours été. On est donc « bien né », on a cette aisance des manières qui vient non pas d'un apprentissage mais d'une longue tradition. Heureusement, la société n'était pas aussi bloquée que cette définition l'implique : tous les nobles n'étaient pas de noblesse immémoriale, depuis longtemps le roi *faisait* des nobles.

Les bourgeois pouvaient soit acheter des lettres de noblesse, quand le roi cherchait à renflouer les finances publiques par ce moyen, soit acheter des charges anoblissantes, c'est-à-dire exercer des fonctions publiques pendant plusieurs générations. Certains se contentaient, comme Jourdain, de « vivre noblement », c'est-à-dire de ne pas travailler, de s'inventer un titre, de se parer des atours de la noblesse. Louis XIV a fait très souvent la chasse à ces faux nobles : on faisait des enquêtes, et tous ceux qui se déclaraient nobles devaient prouver que leurs grands-parents avaient vécu noblement.

L'apparence extérieure avait une grande importance : le roi interdisait aux bourgeois de porter « non seulement des étoffes d'or et d'argent, mais encore broderies, piqûres, chamarrures, guipures... ». En revanche les nobles avaient obligation de porter « habits de gentilshommes, leurs femmes portant habits de demoiselles » (femmes de condition) ; ils devaient également « hanter la noblesse ».

M. Jourdain s'enthousiasme naïvement à l'idée d'être vêtu « comme les gens de qualité », et de « hanter la noblesse ». Mais Molière devait avoir devant les yeux beaucoup d'exemples d'un comportement moins naïf et tout aussi vaniteux, peut-être dénoncé par quelques fautes de goût : M. Jourdain n'était pas le seul de son époque à essayer de trouver une « savonnette à vilain » – une façon de se faire noble.

Quelques mots essentiels sur les conditions sociales

Bourgeoisie

Fait d'habiter dans une ville et d'y avoir été agréé comme bourgeois. Cette citoyenneté suppose qu'on paye un impôt et qu'on participe à la défense de la ville. Si l'impôt est lourd, seuls les riches marchands sont bourgeois, d'où le sens actuel.

Déroger

Exercer une activité « mécanique » (manuelle), pour un noble, ce qui le conduit immédiatement à perdre sa noblesse. Seules la verrerie, les forges et plus tard les mines ont été considérées comme des activités honorables. Un noble devait vivre de ses rentes, parce que par définition il devait « servir » : être en mesure de suivre le roi en cas de guerre.

Gentilhomme

Noble d'épée, d'ancienne lignée

(par opposition à la noblesse de robe).

Lettres de noblesse

Lettres par lesquelles le roi anoblissait un sujet en principe méritant. Le plus souvent, en fait, on payait pour obtenir ces lettres. Il n'était donc pas tout à fait honorifique d'en avoir.

Mécène

Personne qui protège les artistes en les aidant financièrement.

Noblesse

Condition héréditaire qui comporte certains privilèges, notamment être dispensé d'un impôt, la taille, et certains devoirs : être armé pour pouvoir faire la guerre, vivre sans faire de commerce, s'habiller noblement.

Robin

Terme méprisant employé par la

noblesse d'épée pour désigner les nobles de robe, anoblis par une charge.

Roture

État de ce qui n'est pas noble. Cela comporte une notion de souillure, d'impureté. Pour devenir noble il faut généralement une longue période d'attente.

Vilain

Paysan, roturier de la plus basse extraction.

La langue du XVIIᵉ siècle : termes affaiblis et faux amis

Amitié

Amour, affection forte. Se dit aussi pour une chose.

Baiser

Embrasser, donner un baiser. Baiser les mains : remercier.

Bassesse

Condition sociale inférieure, peu honorable.

Cadeau

Bal, repas fin, concert offert à des dames.

Charmes

Du latin *carmen* : sortilège, incantation. Ce mot s'est affaibli jusqu'à signifier attrait, qualité qui a le pouvoir de plaire. Au XVIIᵉ siècle il a encore une valeur très forte.

Commerce

Relations, fréquentation d'une personne.

Condition

Condition sociale, place dans la société. Une personne de condition est une personne noble.

Entendre

Comprendre.

Exquis

Raffiné, recherché.

Figure

Aspect extérieur en général.

Galanterie

Élégance, distinction.

Gloire

Magnificence, honneur. Dans un sens péjoratif, orgueil, manifestation de vanité.

Hanter

Fréquenter.

Honnête

De bon ton, cultivé, sage, de bonne condition sociale (particulièrement dans « honnête homme »).

Magnifique

Qui fait des dépenses somptuaires, qui aime le luxe. Cela

désigne un comportement plus généreux que vaniteux.

Poudre
Poussière.

Tantôt
Bientôt, tout à l'heure.

Tenir
Retenir.

Tout à l'heure
Tout de suite.

Visions
Idées folles, chimériques.

Le vocabulaire de l'analyse littéraire

Actes
Chacune des parties d'une pièce, dont la fin est marquée par un baisser de rideau.

Aparté
Paroles qu'un acteur prononce à part soi, comme s'il n'était entendu que du spectateur, ou échange de paroles, à l'écart, entre deux personnages (voir, acte III, scène 4, les réflexions de Mme Jourdain pour elle-même et les dialogues de M. et Mme Jourdain pendant que Dorante parle).

Burlesque
Comique utilisant des expressions grossières pour évoquer des réalités nobles. Le burlesque s'amuse à transposer dans un domaine trivial les procédés littéraires d'embellissement (par exemple le sublime, le précieux).

Caricature
Déformation outrée d'un visage ou d'un trait de caractère.

Commedia dell'arte
Genre de comédie italienne où les comédiens représentaient un personnage toujours identique, jouaient avec des masques, et improvisaient autour de scénarios très simples. Leur jeu était très vivant, ils s'appuyaient beaucoup sur le mime.

Contraste
Opposition de deux choses, assez forte pour que l'une fasse ressortir l'autre.

Dénouement
Partie finale d'une pièce de théâtre, où les différents éléments de l'intrigue se résolvent.

Didascalies
Indications de mise en scène, de geste, de ton données par un auteur au cours de la pièce.

Drame
Drama, en grec, signifie « action ». Au théâtre, le drame

désigne l'action scénique, donc la pièce, et plus spécialement la tragédie. Par extension on a donc utilisé ce mot pour désigner un événement tragique. Ce qui est dramatique est ce qui se rapporte au théâtre, un dramaturge est un auteur de pièces de théâtre.

Exposition
Moment où l'on expose les faits, où l'on raconte ce que le spectateur doit savoir pour comprendre l'intrigue. Cela se fait généralement dans la première scène par un dialogue entre le personnage principal et un confident.

Farce
Au Moyen Âge, pièce de théâtre comique, courte et à peu de personnages, où s'insèrent des chansons. Puis bouffonnerie, pièce de théâtre d'un comique grossier.

Gestuelle
Ensemble de gestes qui accompagnent le discours et ajoutent à sa signification.

Hyperbole
Procédé de style qui consiste à employer des termes forts, exagérés, pour mettre en valeur une idée ou une chose.

Intermède
Divertissement, musical ou non, qui sert de transition entre deux actes ou entre deux scènes.

Intrigue
Succession de faits qui constitue l'action de la pièce et qui appelle une solution, le dénouement.

Ironie
Raillerie qui consiste à faire comprendre le contraire de ce qu'on dit.

Jargon
Langage incompréhensible, et par extension langage particulier à certains groupes, à certaines professions.

Métaphore
Procédé stylistique qui consiste à transposer un terme qui convient pour un certain sujet à un autre sujet.

Niveau de langue
Ou registre. On en distingue trois : le registre élevé ou soutenu, qui est une façon de parler recherchée, littéraire ; le registre courant, correct mais sans recherche ; le registre populaire, ou familier, plus proche de la langue parlée et non exempt de fautes.

Ouverture
Pièce qui sert d'introduction à une œuvre importante en musique. Lulli a fixé la forme de l'ouverture à la française (contrairement à l'ouverture à l'italienne), qui a influencé les plus grands compositeurs euro-

péens (Bach et Haendel notamment).

Oxymore
Figure de style qui consiste à rapprocher deux termes opposés par le sens, pour créer un effet saisissant (exemple de Corneille : « cette obscure clarté qui tombe des étoiles »).

Paroxysme
Plus haut degré d'une manifestation, d'un sentiment.

Pastorale
Genre littéraire, très apprécié au XVIIe siècle, qui décrit la vie des bergers et leurs amours.

Pédantisme
Fait d'étaler son savoir de façon prétentieuse et sotte.

Préciosité
Tendance au raffinement extrême des sentiments et des expressions, répandue dans certains salons au XVIIe siècle. Molière en a fait la caricature dans *Les Précieuses ridicules*.

Prétérition
Procédé de style qui consiste, en annonçant que l'on ne va pas parler d'une chose, à en parler indirectement.

Quiproquo
Situation qui fait qu'on prend une personne pour une autre, une chose pour une autre.

Réplique
Partie du rôle d'un acteur dite entre deux interventions d'autres acteurs.

Rhétorique
Ensemble des procédés de style qui constituent l'art du discours.

Satire
Pièce de vers ou de prose dans laquelle on attaque des vices et des ridicules (comme les *Satires* de Juvénal). Par extension, tout écrit ou discours qui fait la critique d'un groupe social, d'un comportement particulier.

Tirade
Ce qu'un personnage de théâtre débite d'un trait.

Tragédie
Pièce de théâtre mettant en scène des personnages illustres et représentant une action destinée à susciter la terreur ou la pitié.

BIBLIOGRAPHIE
FILMOGRAPHIE

Sur Molière

BRAY, René, *Molière homme de théâtre*, Paris, Mercure de France, 1954.

CONESA, Gabriel, *Le Dialogue moliéresque*, 1983, réédition SEDES, 1991.

DANDREY, Patrick, *Molière ou l'Esthétique du ridicule*, Klincksieck, 1992.

DEFAUX, Gérard, *Molière ou les Métamorphoses du comique*, 1980, réédition Klincksieck, 1993.

DUCHÊNE, Roger, *Molière*, Paris, Fayard, 1998.

JASINSKI, René, *Molière*, Hatier, 1970.

MAZOUER, Charles, *Molière et ses comédies-ballets*, Klincksieck, 1993.

SIMON, Alfred, *Molière, une vie*, Lyon, La Manufacture, 1987.

Autour de Molière

BLUCHE, François, *La Vie quotidienne au temps de Louis XIV*, Paris, Hachette, 1984.

CHRISTOUT, Marie-Françoise, *Le Ballet occidental. Naissance et métamorphoses*, Desjonquères, 1995.

MONGRÉDIEN, Georges, *La Vie quotidienne des comédiens au temps de Molière*, Paris, Hachette, 1982.

Films et disques

Le Bourgeois gentilhomme, film réalisé par Jacques de Féraudy, 1922 (avec Maurice de Féraudy, Andrée de Chauveron).

Le Bourgeois gentilhomme, film réalisé par Jean Meyer, 1958 (avec Louis Seigner, Jean Meyer, Jacques Charon, Robert Manuel).

Le Bourgeois gentilhomme, film réalisé par Roger Coggio, 1982 (avec Michel Galabru, Rosy Varte, Roger Coggio, Jean-Pierre Darras, Ludmila Mikaël).

Le Bourgeois gentilhomme, enregistrement intégral avec L. Seigner, M. Escande, J. Charon, R. Manuel, 1955.

À voir aussi, un film sur la vie de Molière :

Molière ou la Vie d'un honnête homme, film réalisé par Ariane Mnouchkine, 1978 (avec Philippe Caubère).

Direction de la collection : Pascale MAGNI.
Direction artistique : Emmanuelle BRAINE-BONNAIRE.
Responsable de fabrication : Jean-Philippe DORE.

Compogravure : P.P.C. – Impression MAME n° 01012342. Dépôt légal 1ʳᵉ édition : août 1998. Dépôt légal : mars 2001. N° de projet : 10084398 (V) 174 (OSB 70°).